경계선 위에서

On the Boundary: An Autobiographical Sketch
By Paul Tillich ⓒ 1966 by Farris, Mutie Tillich

Wipf and Stock Publishers
199 W 8th Ave, Suite 3
Eugene, OR 97401

Publication Date: May 1, 2011
Previously published by Charles Scribner's Sons, 1966

Translated and used by the permission of the author and arrangement
with the original publisher, Wipf and Stock Publishers, Eugene, Oregon, USA.
All rights reserved.
Korean Translation by Kim, Heung-Gyu
Copyright ⓒ 2017 by Dong Yeon
이 책의 한국어판 저작권은 저작권자와의 독점 계약을 통해 도서출판 동연에 있습니다.
저작권법에 의해 한국 내에서 보호를 받는 저작물이므로 무단 전제와 복제를 금합니다.

폴 틸리히의 자전적 사상 탐구

경계선 위에서

2018년 3월 9일 초판 1쇄 발행
2022년 9월 9일 초판 3쇄 발행

지은이 | 폴 틸리히
옮긴이 | 김흥규
펴낸이 | 김영호
펴낸곳 | 도서출판 동연
등   록 | 제1-1383호(1992년 6월 12일)
주   소 | 서울시 마포구 월드컵로 163-3
전   화 | (02) 335-2630
팩   스 | (02) 335-2640
이메일 | yh4321@gmail.com

Copyright ⓒ 도서출판 동연, 2017

ISBN 978-89-6447-380-1 03800

경계선 위에서

폴 틸리히 지음
김흥규 옮김

Paul Tillich

동연

폴 틸리히(Paul Tillich, 1886-1965)

폴 틸리히 연보(年譜)*

1886. 8. 20.	독일 슈타르체델에서 출생
1898 ~ 1901	쾨니히베르크의 인문계 학교에서 수학
1901 ~ 1904	베를린의 프리드리히 빌헬름 김나지움에서 수학
1902. 3. 23.	견진성사를 받음
1903. 9. 24.	베를린에서 어머니 사망
1904 ~ 1909	베를린대학, 튀빙엔대학, 할레대학에서 수학. 재차 베를린대학에서 수학
1906 ~ 1907	대학생 사교 단체 반골프 학우회 회장
1909 봄	1차 목회 후보자 고시 합격
1909. 1. 1.	가을 리히텐라데에서 클라인 목사를 도와 사역함
1910. 8. 22.	브레슬라우대학에서 철학박사 학위 취득
1911. 4. 1. ~ 1912. 3. 31.	나우엔 교구 목사
1911. 12. 16.	할레대학에서 신학 전문직 학위시험에 합격
1912. 1.	신학 전문직 학위 취득
~ 7. 27.	목회 후보자 2차 고시 합격
~ 8. 18.	베를린 프로이센 복음연맹 교단에서 목사 안수
1912 ~ 1914	모아비트와 베를린과 베를린란크비츠에 있는 노동자 교구에서 부목사로 사역
1914. 9. 28.	마가레테 베버와 결혼
1914. 10. 1. ~ 1918. 8.	1차 세계대전 서부전선에서 야전 군목으로 복무
1918. 6. 10.	일등 철십자 훈장 받음

* Wilhelm & Marion Pauck, *Paul Tillich: His Life and Thought* (Eugene, Oregon: Wipf & Stock, 1976), 287-290을 참조.

1918. 8. ~ 10.	베를린 슈판다우에서 군목으로 복무
1919 ~ 1924	베를린대학에서 전임 강사
1919. 4. 16.	베를린 칸트학회에서 "문화신학의 이념에 관하여"를 주제로 자신의 첫 공개 강연
1919 ~ 1920	베를린에서 종교사회주의 서클 창립에 참여
1920. 1. 5.	누이동생 요한나 사망
1921. 2. 22.	마가레테 베버와 이혼
1924. 3. 22.	한나 베르너 고트쇼와 재혼
1924 ~ 1925	마르부르크대학 신학부 조교수
1926	『종교상황』 출간
1925 ~ 1929	드레스덴 과학기술 연구원 철학 및 종교학 교수
1927 ~ 1929	라이프치히대학 조직신학 겸임교수
1929 ~ 1933	프랑크푸르트대학 철학부 교수, 「사회주의를 위한 새 신문」 창간 및 편집에 참여
1929	사회민주당에 가입
1932	『사회적 결단』 출판
1933. 4. 1.	나치 정권에 의해 교수직 정직
~ 11. 33.	미국 뉴욕에 도착
~ 12. 20.	프랑크푸르트대학에서 교수직 해임
1933 ~ 1934	뉴욕 컬럼비아대학 철학부 초빙교수
1933 ~ 1937	뉴욕 유니언신학대학 종교철학 및 조직신학과 초빙교수
1934	신학 토론회 참가
1936	『경계선 위에서』 출간
1936. 11. 25.	"이민 상조회" 창립에 참여, 초대 회장으로 피선
1937. 7. 30.	부친 베를린에서 사망
1937	생활과 노동에 관한 옥스퍼드 총회 참석
1937 – 1940	뉴욕 유니언신학대학 철학적 신학 부교수
1930년 후반 혹은 1940년 초반	뉴욕 컬럼비아대학 철학학회 가입
1940 ~ 1955	뉴욕 유니언신학대학 철학적 신학 교수
1940. 3. 4.	미국 시민권자로 귀화

1942 ~ 1944	독일 국민에게 보내는 '미국의 소리' 라디오 방송 진행
1944	독일 민주화를 위한 협의회 창립에 참여, 회장으로 피선
1946	이스트 햄프턴 토지와 저택 구입
1948	2차 세계 대전 후 첫 독일 방문, 『프로테스탄트 시대』 출판
1951	『조직신학』 제1권 출판
1952	『존재의 용기』 출판
1953 ~ 1954	스코틀랜드 애버딘대학에서 기퍼드 강연
1955	뉴욕 유니언신학대학 은퇴
1955 ~ 1962	하버드대학 특대 교수
1956	그리스 방문
1957	『조직신학』 제2권 출판
1959	『틸리히 전집』 제1권 출판
1960	일본 방문
1962	하버드대학 은퇴, 프랑크푸르트에서 독일출판협회 평화상 수상
1962 ~ 1965	시카고대학교 신과대학 누베엔 신학 석좌교수
1963	『조직신학』 제3권 출판, 인디아나주 뉴 하모니에 "폴 틸리히 공원" 봉헌, 이스라엘과 이집트 방문
1965. 10. 11.	"조직신학자를 위한 종교학의 중요성" 최후 공개 강연
1965. 10. 22.	시카고 빌링스병원에서 심근경색으로 서거
1966. 5. 29.	인디아나 뉴하모니에 영구 안장

틸리히, 그는 누구인가?

사족(蛇足) 같지만 번역한 책의 이해를 돕고자 틸리히의
생애를 대강 살피고자 한다. 사상적 측면은 제쳐두고, 주로
학자로서의 그의 경력과 인간적 면모에 치중한다.

모국 독일에서의 삶의 여정(1886 ~ 1933)

폴 요한네스 틸리히(Paul Johannes Tillich)는 1886년 8월
20일 독일 베를린 근교의 구벤(Guben)주에 속한 소읍 슈타르
체델의 목사관에서 태어났다. 요한네스 오스카 틸리히(Johannes
Oskar Tillich, 1857~1937)와 빌헬미나 마틸데(Wilhelmina Mathilde,

1860~1903, 처녀 때 성은 뒤르젤렌/Dürselen) 사이에서 난 1남 2녀 중 맏이였다.

13세기 독일 중동부 지역에서 처음 공식적으로 등장하는 틸리히라는 이름은 음악가, 제조업자, 수도사, 성직자를 많이 배출한 명문가였으며, 유독 이중 재능이 출중한 사람들이 많았다. 예컨대 틸리히의 증조부 빌헬름은 플루트와 클라리넷, 기타, 바이올린을 능숙하게 연주한 음악가였는데, 직물 판매로 생계를 유지했다. 'Tillich'라는 이름은 본디 'Dietrich'로서, "부유하거나 유력한"(rich or powerful)을 뜻했다.

부친 요한네스는 틸리히 가문이 최초로 배출한 루터교 목사였다. 학자요 교회 행정가로서 오늘의 노회장이나 감리사에 맞먹는 교구 관리자로도 봉직했다. 아들을 면전에서 직접 칭찬하지 않았으나, 다른 사람들 앞에서는 극구 자랑하는 프로이센 독일 아버지의 전형이었다. 엄격하고 보수적이고 권위주의적인 목사요 신학자였다. 어린 시절부터 틸리히는 아버지의 권위에 눌려 그를 두려워했으나, 동시에 존경하고 사랑하는 양면 감정을 느꼈다. 틸리히의 자유주의 성향 신학은 부친의 억압적 권위와 대결하면서 탈출하려는 운동 과정으로 파악될 수 있다.

틸리히는 네 살 때 아버지가 교구 관리자로 임명된 인구

3천여 명의 작은 중세 도시 쇤플리스로 이주했다. 이곳에서 초등교육을 받았고, 1898년에 쾨니히베르크로 가서 인문계 고등학교격인 김나지움 교육을 받았다. 부친이 베를린으로 임지를 옮김에 따라 프리드리히 빌헬름 김나지움으로 전학했다. 그 후 틸리히는 여러 대학으로 옮겨 다니며 신학과 철학 수업을 받았는데, 베를린대학(1904), 튀빙엔대학(1905), 할레대학(1905~1907)을 거쳐, 다시금 베를린(1907~1909)으로 돌아와 수학했다.

특히 할레대학 신학부는 베를린대학보다는 조금 뒤졌지만 라이프치히대학보다는 단연 앞섰고, 마르부르크대학과 쌍벽을 이룰 만큼 명성이 자자했다. 틸리히는 할레에서 마르틴 켈러(Martin Kähler, 1835~1912)에게 지대한 영향을 받는다. 예컨대 죄인이 믿음으로 의롭다 인정을 받는 것이나 의심하는 이가 의롭다 인정을 받는 것이 같은 이치라는 사실을 켈러에게 배웠다.

1909년 봄에 목사 후보생 고시에 합격했으며, 1910년 브레슬라우대학에서 셸링(Friedrich Wilhelm Joseph von Schelling, 1775~1854)의 후기 긍정 철학에 매료된 나머지 "셸링의 실증철학에서의 종교사의 구성: 그 전제와 원리"(Die religions- geschtliche Konstruktion in Schellings positiver Philosophie: ihre

Voraussetzungen und Prinzipien)라는 논문을 써서 철학박사 학위를 취득했다. 1912년 또다시 "셸링의 철학 발전에서의 신비주의와 죄의식"(Mystik und Schuldbewusstsein in Schellings philosophischer Entwicklung)이라는 논문을 제출해서 당시 독일 신학계에서 최고 학위였던 신학 전문직 학위(Lizentiat)를 얻었다. 틸리히가 베를린대학에서 처음 신학 공부를 시작했을 때 전혀 우연히, 하지만 운명적으로 한 책방에서 셸링의 철학 전집을 산 뒤에 일생 셸링의 지대한 영향을 받게 되었던 것이다. 1912년 틸리히는 모든 목사고시에 합격한 뒤 프로이센복음연맹 교단의 회원으로 목사안수를 받았다. 그 후 2년 동안 모아비트와 베를린에서 노동자들이 중심이 된 교회의 부목사로 사역했다.

　1차 세계대전이 발발했을 때 틸리히는 종군 목사로 자원 입대해서 치열한 전장을 누비고 다녔다. 1914~1918년까지 서부전선 곳곳에서 날마다 폭력과 죽음을 접하면서 인간의 악마적 심연을 처절하게 체험한다. 당연히 인간과 역사에 막연하게나마 품어왔던 관념적 낙관론이 산산조각이 났고, 인간 실존의 무서운 심연을 생생히 깨닫게 되었다.

　교수와 학자로서의 틸리히의 삶은 1919년 전쟁이 끝난 후 본격적으로 시작된다. 베를린대학의 전임강사로(1919~

1924) 교직에 첫 발을 내디딘 뒤, 마르부르크대학의 신학부 조교수(1925~1926), 드레세덴 과학기술 연구원의 정교수로 (1925~1929) 각각 철학과 종교학을 가르쳤다. 독일에서 학자로서의 전성기는 프랑크푸르트대학교의 철학부 교수이자 학과장으로 재직했던 1929~1933년 어간이었다. 틸리히의 고매한 인격과 특유의 친화력, 학문적으로 열린 자세로 말미암아 막스 호르크하이머(Max Horkheimer, 1895~1973)와 테오도르 아도르노(Theodor Adorno, 1903~1969) 등 프랑크푸르트학파 (Die Frankfurter Schule)의 주요 인사들과도 막역한 관계를 유지했다. 공교롭게도 이들은 모두 유대인들이었는데, 1933년 히틀러가 독일 총통이 되면서 유대인들을 박해했을 때 틸리히는 앞장서서 유대인 동료들을 보호하려고 애썼다.

　결국 유대인들을 비호하고 히틀러와 나치 정권을 비판하는 공개 강연과 논문을 썼다는 사실이 빌미가 되어 틸리히는 1933년 4월 대학에서 쫓겨나고 만다. 이때 해직된 독일 교수는 정교수 313명, 부교수 300명, 전임강사 322명 등, 총 1,684명의 학자들이 거리로 나앉고 말았다. 틸리히의 이름은 해직교수 명단 첫 그룹에 등장하는데, 비(非)유대인으로서는 최초로 나치 정권에 의해 해직되었다.

타국 미국에서의 삶의 여정(1933~1965)

틸리히의 저술에 나름 깊은 인상을 받은 라인홀드 니버 (Reinhold Niebuhr, 1892~1971)가 해직 사실을 안 뒤 중간 역할을 해서 틸리히는 뉴욕 유니언신학대학의 철학적 신학 교수로 초빙된다. 고난의 소용돌이에 휘말린 조국과 박해받는 유대인들을 버리고 도미한다는 죄책감으로 잠시 망설였으나, 결국 1933년 10월 말 독일을 떠나 11월 3일 뉴욕에 도착해서 유니언신학대학의 종교철학 및 조직신학 초빙교수로(1933~1937) 있으면서, 컬럼비아대학에서 철학도 가르쳤다.

47세의 늦은 나이에 낯선 이방 땅에 들어온 틸리히는 한동안 언어 장벽과 문화 충격에 시달려야만 했다. 새로 배우기 시작한 영어는 독선생이 붙어서 날마다 개인교습을 받았지만 쉽지 않았다. 읽기는 쉬웠지만, 이해하기는 어려웠고, 말하는 것은 굉장히 어려웠다. 그러기에 미국 생활 초기에 영어로 말하는 것은 틸리히에게 고문에 가까웠다. 학생들도 강의시간에 틸리히의 독일식 영어를 알아듣지 못해서 곤혹을 치르기는 마찬가지였다. 영어를 독일식으로 말하다보니 'crucifixion'을 'crucification'으로, 'saved'를 'salvated'로 말한 적이 있다. 동료들과 논쟁할 때 "제 생각은 당신 생각과 같습니다"(I agree with you)를 독일식으로 "You agree with me"로 표현한 적도 있었다.

이처럼 틸리히의 영어 사용에는 숱한 일화가 전해지고 있는데, 외려 그의 서툰 영어 실력과 따뜻한 인간미가 절묘하게 결합되어 자주 폭소가 쏟아지는가 하면 더 감동적인 명강의가 되었다고 한다. 실제로 틸리히는 서거할 때까지 미국식 영어 발음이나 영어 숙어에 완전히 통달하지 못했고, 그가 하는 발음은 언제나 무겁기만 했다. 그런데도 영어의 의미 하나만큼은 기가 막히게 잘 이해했고, 독일 단어에 정확히 상응하는 영어를 본능적으로 골라 썼다고 한다.

이미 독일을 비롯한 유럽 전역에서 정치와 학문의 자유를 찾아 미국으로 망명해온 대석학들이 명문대 곳곳에 포진해 있는 상태에서 틸리히처럼 늦깎이로 이민 정착에 대한 확고한 의지도 없는 학자가 교수 사회의 사다리를 타고 올라가는 일은 너무나 고달팠다. 틸리히는 독일에서 그런대로 명성이 알려졌지만, 미국에서는 곧바로 정교수 자리에 치고 올라갈 수가 없었다. 이런 까닭에 틸리히는 유니언신학대학에서 비정규직 초빙교수로 시작해서 4년만인 1937년에 조교수가 되었고, 1940년에 가서야 철학적 신학 정교수 자리에 올랐다. 승진이나 명성이나 모든 것이 너무 늦게 이루어졌던 것이다. 언젠가 고국으로 돌아가리라는 꿈을 접고 미국 시민으로 귀화한 것도 이 즈음인 1940년이었다. 이렇게 해서 유니언신학대학에서 1955년까지 22년을 재직하는 동안 틸리히는 특유의 백과사전식 지식과 독창적 사고로 최고의 교수로 추앙받게 되었다.

유니언에서 틸리히의 명성이 그 정점에 도달했을 때 그는 듀이(John Dewey, 1859~1952), 화이트헤드(Alfred North Whitehead, 1861~1947), 러셀(Bertrand Russell, 1872~1970), 산타야나(George Santayana, 1863~1952) 수준의 지적 거장으로서 각광받았다. 감리교 여류 신학자 조지아 하크네스(Georgia Harkness, 1891~1974)는 틸리히가 미국 신학에서 차지하는 위상이 화이트헤드가 미국 철학에서 차지하는 위상에 필적한다고 말했다. 틸리히는 명성에 걸맞게 스코틀랜드 애버딘대학교에서 열린 그 유명한 기퍼드 강연(Gifford Lectures)에 1953, 1954년 두 차례씩이나 주강사로 초빙되었다.

1955년 유니언신학교에서 은퇴한 틸리히는 뜻밖에 하버드대학으로부터 교수 청빙을 받는다. 일종의 특대 교수 자격이었는데, 하버드의 최고위직 다섯 교수 중 일인으로서 학과에 얽매이지 않고 모든 학부 학생들에게 강의하는 특권을 가진 교수직이었다. 틸리히는 하버드에서 신학과 종교학 영역을 넘어 다양한 전공의 학생들을 만났으며, 대학의 이념을 구현하기에 더할 나위 없이 좋은 기회로 삼았다.

1962년까지 하버드에 재직하던 틸리히에게 생의 마지막 초청장이 날라 왔다. 시카고대학교 신학부의 누베엔(Nuveen)신학 교수라는 석좌 교수직 청빙이었다. 틸리히는 시카고에서 1962년부터 1965년까지 매 학기 한 과목씩 네 과목을 가르쳤으며, 미르체아 엘리아데(Mercia Eliade, 1907~1986)나 조셉 키타가와(Joseph Kitagawa/北川, 1915~1992)와 같은 세계적인 종교학자들을 만났다. 이제 종교사학이라는 넓은 틀 안에서 신학을 하는 시카고 학풍과 더불어 이런 종교학자들을 만나면서 틸리히의 신학은 타종교로까지 범위가 넓어진다.

틸리히는 특히 1960년에 8주 동안 일본의 도쿄와 교토를 방문하면서 선불교를 접한 뒤 동양 종교의 중요성을 깊이 인식하게 된다. 틸리히는 일본에서의 체험을 바탕으로 다음과 같이 말했다.

인류의 종교를 하나의 참된 종교와 다수의 거짓 종교로 구분할 수 없다. 외려 타인을 무조건적으로 긍정하고, 판단하고,

수용하는 사랑이라는 궁극적 기준에 기독교를 비롯한 모든 종교를 복속시키지 않으면 안 된다("On the Boundary Line", *The Christian Century*, 77/49, 1435).

틸리히는 1965년 10월 11일 저녁 8시 시카고대학 종교학부 동문회가 100주년 기념으로 주최한 학회에서 "조직신학자를 위한 종교학의 중요성"(The Significance of the History of Religions for the Systematic Theologian)이라는 제목으로 마지막 강연을 했다. 이때까지만 해도 틸리히의 정신은 명료했고 기력도 좋았다. 그날 저녁 키타가와 교수가 틸리히 부부와 엘리아데 부부 등 교수들을 자택으로 초청해서 저녁을 대접했다. 틸리히는 어린 시절 어머니가 부엌 의자 위에 자신을 묶어놓고 부엌일을 했던 추억을 되뇌며, "지금도 부엌에 있을 때가 제일 편하다"라고 키타가와 부인에게 말했다. 자정쯤 집으로 돌아간 틸리히는 그 이튿날 새벽 3~4시경 심근경색으로 쓰러졌다. 열흘 후 1965년 10월 22일 저녁 7시에 서거했다.

세상을 떠나기 전, 죽음을 직감한 틸리히는 그가 가장 아끼던 독일어 성경과 그리스어 성경을 아내에게 침대 옆으로 가져오라고 한 후 만지작거렸다. 자신이 아내에게 잘못한 일에 용서를 빌었고, 아내로부터 용서를 받았다. 부부는 정원을 거닐 때 자주 함께 읊조리곤 했던 작은 독일 시 한 편을 같이 암송했다. 다시는 이 시를 읊을 수 없다는 생각에 틸리히는 잠시 눈물을 보였다. 하지만 이내 평정을 되찾았고 의사에게 농담까지 하면서 자신은 그날 금욕주의자가 되어 아무것도 먹지 않겠다고 선언했다. 저녁 7시에 잠시 걷고 싶다고 해서 간호사가 침대에서 일으켜 세워 다리가 침대 모서리에 매달렸다가 다시 누운 뒤 조용히 숨을 거두었다. 틸리히가 일찍이 한 유명한 말이 연상되는 순간이었다.

우리의 불안은 모든 사람과 모든 사물에 무서운 마스크를 씌웁니다. 우리가 이 마스크를 제거한다면, 그들의 본얼굴이 드러나고 이 마스크 때문에 일어난 두려움은 이내 사라지겠지요. 이것은 죽음에서도 마찬가지입니다. 날마다 우리의 생명이 조금씩 사라지기 때문에 —날마다 우리가 죽어가고 있기에— 우리의 생명이 멈추는 마지막 시간이 죽음을 가져오는 것이 아닙니다. 그 최후의 순간은 단지 서서히 죽어가는 과정을 완성하는 것뿐입니다. 그 최후의 죽음과 결부된 공포는 어디까지나 상상해서 생기는 문제입니다. 죽음의 이미지에서 마스크를 벗겨내면, 이 공포는 곧 사라집니다(*The Courage to Be*, 13-14).

　틸리히의 서거 소식은 채 한 시간도 안 되어 주요 텔레비전과 라디오 방송에서 속보로 전 세계에 알려졌다. 이튿날 아침 「뉴욕타임스」에서 틸리히의 사진과 함께 부고가 실렸다. 베를린과 케임브리지, 시카고, 마르부르크, 뉴욕 등지에서 수많은 조문객이 운집한 가운데 추모 집회가 열렸다. 틸리히의 시신은 화장되어 이스트 햄프턴에 매장되었다가, 1966년 5월 29일 이장되어 인디애나주 뉴하모니에 있는 틸리히 공원에 안장되었다.

　1965년 10월 23일자 「뉴욕타임스」 사설은 틸리히를 다음과 같이 평가했다.

　폴 요한네스 틸리히는 수많은 현대 신학자들과 달리 유난히 넓은 무대 위에서 활동했다. 이 근면한 학자는 인생의 모든 영역을 자신의 학문 주제로 삼았다. … 틸리히를 흠모하는 누군가의 말처럼 '틸리히는 회의의 시대에 기독교 진리를 해석하는데 크게 기여했다.'

　틸리히의 생애와 사상에 대해서 가장 믿을만한 평전을

쓴 빌헬름과 마리온 파우크(Wilhelm & Marion Pauck) 부부는 『폴 틸리히: 생애와 사상』(*Paul Tillich: His Life and Thought*)에서 틸리히가 설교집 『영원한 현재』(*The Eternal Now*)에서 남긴 말이 그의 비문(碑文)으로 가장 잘 어울릴 것이라고 말했다.

… 죽을 수밖에 없다는 불안 안에 영원히 잊힐지 모른다는 불안이 숨어 있습니다. 우리를 잊히지 않게 할 그 무엇이 있을까요? 우리가 영원부터 알려졌고 영원히 알려질 것이라는 사실만이 영원히 잊힐지도 모른다는 공포에서 우리를 구할 수 있는 유일한 확신입니다. 과거와 현재를 뛰어넘어 우리가 영원히 알려졌기에 우리는 잊을래야 잊을 수 없습니다 ("Forgetting and Being Forgotten," *The Eternal Now*, 34).

틸리히 르네상스를 꿈꾸며

틸리히의 삶의 궤적을 더듬어 가다가, 순전히 개인적 판단이지만 그의 인간적 특징이 다음과 같다는 결론에 이르렀다.

첫째, 틸리히는 혼란과 방황 한가운데 숱한 시련을 당하

면서도 따뜻한 인간미를 잃지 않은 휴머니스트라는 생각이
든다. 틸리히는 개인적으로나 역사적으로 가혹한 비극을 몸
소 겪었다. 먼저 틸리히가 너무나 사랑한 나머지 "저는 어머
니와 결혼할 거예요"라고 고백한 어머니가 1903년, 그가
한창 예민한 사춘기를 겪고 있던 17세 때 돌아가셨다. 바로
밑 두 살 터울의 여동생 요한나(Johanna Marie)가 1920년 32
세를 일기로 요절했다. 어머니가 돌아가신 뒤 틸리히가 어머
니 이상으로 의지하고 아끼고 사랑한 요한나는 틸리히의
둘도 없는 친구 알프렛 프릿츠(Alfred Fritz)와 결혼했는데,
프릿츠에게도 평생 지울 수 없는 상흔이 되고 말았다.

결혼 생활도 순탄치 않았다. 틸리히는 이미 박사학위를
취득한 세 살 연상의 칼 리하르트 베그너(Carl Richard Wegner)
를 부목 시절에 만나 지적으로 교류하다가 삼각관계에 빠진
다. 틸리히는 인습에 얽매이지 않고 자유분방한 그레티 베버
(Grethi Weber)와 1914년에 결혼했지만, 그레티는 틸리히의
친구인 베그너와 혼외정사로 아이를 둘씩이나 낳았다. 첫
아이는 영아 때 사망했으며, 틸리히는 둘째 아이를 자기 이름
으로 입적했다, 결국 초혼은 1921년 이혼으로 종지부를 찍었
다. 역으로 틸리히 역시 남의 아내이자 아들이 하나 있었던
열 살 연하의 미술 교사 한나 베르너(Hannah Werner)와 사랑

에 빠져 1924년 재혼한다. 그 후 위태위태한 결혼 생활이 이어졌지만 한나는 마지막 순간까지 틸리히의 반려자가 되어 평생을 해로한다. 아내를 친구에게 빼앗기고 남의 아내를 사랑해서 결혼하는 것이 우리의 도덕관으로 이해가 되지 않지만, 전후 독일에서는 드물지 않았던 것 같다.

1차 대전에 참전해서 전쟁의 추악성과 잔혹성을 친히 겪었고, 나치를 피해 잠시 망명하리라고 생각했던 미국이 제2의 조국이 되는 아이러니도 운명으로 받아들여야만 했다. 이런저런 비극으로 우여곡절을 거듭했지만, 틸리히에게는 사람을 끄는 묘한 매력과 특유의 인덕이 있었다. 한번 친구를 사귀면 끝까지 신의를 지켰고, 누구에게나 친절하고 온화한 태도를 보였기 때문에 수많은 친구와 제자의 존경과 사랑을 한 몸에 받았다.

둘째, 행동하는 지식인이었다. 어린 시절 유복한 부르주아 가정에서 태어나고 자랐지만 가난한 집안 아이들과 친구가 되어 도리어 그들 편을 들기 시작했다는 사실, 사회 불의와 경제 불평등을 해소하고자 사회주의 운동에 관심을 기울였고 급기야 급진적 종교사회주의자가 되었다는 사실, 무엇보다도 학자로서의 출세가 뻔한 장밋빛 미래를 마다하고 나치에 적극 저항했다는 사실 등등이 행동하는 지식인의 모범을

보여준다. 틸리히는 타고난 인품과 지도력으로 이런 사회
운동에서도 언제나 리더 역할을 떠맡았지만, 조직이나 단체
에 갈등과 분열을 야기하는 행동을 극구 경계한 평화주의자
이기도 했다. 예술, 문화, 정신분석학, 언어 등등 다방면에
걸쳐 관심을 가졌던 것도 이론과 실천을 종합하려는 틸리히
의 실천 성향과 무관하지 않은 듯싶다.

셋째, 독창적 사상가였다. 틸리히의 저서에는 거의 다
주(註)가 없다. 자신이 자기 사상의 주가 된다는 말이다.
1,500여 년 전 아우구스티누스가 라틴어 5백만 글자의 대작
을 남길 때에도 속기사를 앞에 두고 구술해서 책을 냈다고
들었는데, 20세기에 들어와 틸리히가 꼭 그런 사상가라고
생각했다. 틸리히의 책을 읽다가 그의 독보적이고 심오한
개념과 사상을 만날 때마다 아우구스티누스가 다시 살아난
것 같은 착각이 들었다.

1950년대 중반부터 틸리히는 미국에서 가장 유명한 신
학자로 이름을 떨치기 시작했다. 1959년 「타임」지의 표지
기사(cover story)에 "미국에서 가장 중요한 신학자"로 소개되
었다. 1963년 40주년을 맞은 「타임」지가 개최한 기념 강연
에서 틸리히는 미국 사회의 각계각층을 대표하는 유명 인사
들 앞에서 기조강연을 했다. 이리하여 1960년대에 접어들면

서 틸리히는 아무도 부인할 수 없는 미국 신학의 간판스타로
우뚝 섰다.

유니언신학교에서 틸리히가 국제적 명성을 얻게 된 것은
곳곳에 다니면서 했던 공개 강연 때문이기도 했지만, 본격적
으로 발간하기 시작한 일련의 저술물이 큰 몫을 했다. 먼저
그의 대표작 『조직신학』(*Systematic Theology*)이 세 권으로
분리되어 1951, 1957, 1963년에 각각 출간되었다. 사반세
기에 걸친 틸리히의 철학적 신학의 독창적 사유가 고스란히
담긴 불후의 명저다. 철학과 신학에 관하여 20여 년 동안
사색해온 결과물 『프로테스탄트 시대』(*Protestant Era*)가
1948년에 번역되었다. 『존재의 용기』(*The Courage to Be*,
1952), 『사랑, 권력, 정의』(*Love, Power, and Justice*, 1954), 『신
앙의 역동성』(*The Dynamics of Faith*, 1957)도 학계의 주목을
끌었다. 특히 종래의 딱딱하고 고루한 설교에 식상해 새로운
언어와 참신한 이해에 목말라하던 현대인들의 귀와 마음을
사로잡은 설교집이 대중의 이목을 끌었다. 1948년에 나온
첫 설교집 『흔들리는 터전』(*The Shaking of the Foundation*)
을 필두로, 『새로운 존재』(*The New Being*, 1955), 『영원한 현
재』(*The Eternal Now*, 1963) 등이 차례로 발행되었다.

여기에 번역된 『경계선 위에서』(*On the Boundary*)는 본

디 1936년에 독일어를 영어로 번역해서 출간된 『역사의 해석』(*The Interpretation of History*)의 제1부(pp. 3-73)에 처음 수록되었다. 그러다가 틸리히가 세상을 떠난 지 한 해 뒤인 1966년에 재판으로 나왔다. 최초 독일어본(*Auf der Grenze*)으로 먼저 나왔고 1936년에 영어로 번역된 책을 수정하고 증보해서 30년 만에 다시 1966년판이 나온 것으로 사료된다. 그러기에 틸리히 사상 전모가 고스란히 반영된 자서전이라 할 만하다. 두말할 필요도 없이 역자가 번역한 책은 1966년판이다.

제임스 윌리엄 맥클랜던(James William McClendon Jr., 1924~2000)은 "모든 신학은 자서전"(all theology is autobiography)이라고 말했다. 한 신학자가 살아온 삶과 무관한 신학이 나올 수 없다는 뜻일 게다. 그렇다면 틸리히의 자서전도 그가 살아낸 신학 궤적을 그대로 보여주는 중요한 책이다. 어쩌면 모든 틸리히 신학 사상의 핵심이 알뜰히 요약된 책이라는 생각도 해본다.

틸리히의 사유와 삶은 그가 즐겨 쓴 상징 개념 '경계선'으로 요약될 수 있다. 양극단 어느 한쪽으로 빠져들지 않고 양쪽의 긴장을 다 살리며 견제와 균형을 이루려는 쉽지 않은 노력을 그는 일생동안 중단하지 않았다. 이것과 저것, 신학교와 교회, 머리와 가슴, 이성과 계시, 철학과 신학, 관념주의와 현실주의, 아테네와 예루살렘, 존재와 비존재, 무한자와 유한자, 본질과 실존, 신적인 것과 인간적인 것, 삶과 죽음, 가톨릭(보편성) 실체와 개신교 원리, 신앙과 의심, 유럽과 미국, 틸리히는 이 양쪽을 다 붙들려고 했다. 양극단의 긴장을 변증법적으로 넘어서 궁극적으로 통합하려는 시도는 틸리히가 채택한 상관방법론(method of correlation)으로 나타났다.

오늘에 이르기까지 틸리히에 대한 평가는 분분하다. 유독 복음주의 신학자들의 비판이 거셌다. 틸리히 신학을 비정통주의 이단으로 혹평하는 인사들도 있었다. 상대주의자요, 무신론자나 범신론자로 오해하는 이들도 있었다. 하지만 틸리히를 찬성하든 반대하든 한 가지 분명한 사실이 있다. 존 스미스(John E. Smith, 1921~2000)가 말한 그대로다. "당신은 틸리히를 찬성하면서 사유할 수도 있고, 반대하면서 사유할 수도 있을 것이다. 하지만 틸리히 없이는 사유할 수 없다"(You can think with him or against him, but not without him).

틸리히는 한물간 신학자가 아니다. 아우구스티누스가 그런 것처럼 시대마다 영혼과 사상에 갈증이 느껴질 때마다 잇따라 마셔야 할 생수다. 『경계선 위에서』는 분량은 적지만 내용은 가볍지 않다. 이 책이 한국 신학계에 틸리히 르네상스를 불러오는 작은 길잡이가 되었으면 한다.

기꺼이 출판을 맡아주신 도서출판 동연의 김영호 장로님께 감사드린다. 한평생 나보다 더 치열하게 오로지 진리 탐구를 위한 학문에만 매진해온 후배이자 친구인 임성모 박사께도 틸리히 신학의 핵심을 찌른, 짧지만 알찬 글을 써준 것에 감사한다. 무엇보다도 언제나 기도와 사랑으로 격려를 아끼지 않는 내리교회 교우들께 머리 숙여 고마움을 전하고 싶다.

2017년 9월 초가을 문턱에

丹村 金興圭

차 례

『종교실현』[1] 서문에서 저는 "경계선이야말로 지식을 습득하기에 최적지"라고 주장했습니다. 제 삶에서 어떤 사상이 우러나와 발전해왔는지 설명해 달라는 요청을 받았을 때, 저는 경계선 개념이 제 지성 발전의 전 과정을 설명하는데 안성맞춤의 상징이라고 생각했습니다. 제 인생의 거의 모든 지점마다 두 가지 가능성 중에 어느 하나를 선택하지 않으면 안 되었는데, 두 가지 모두에 완전히 만족할 수도 없었고, 한쪽을 위해서 다른 한쪽을 강경하게 반대하지도 못했습니다. 사유를 하려면 새로운 가능성을 기꺼이 수용해야만 하기에, 경계선 위에 설 때 사고하기에 유리합니다. 그러나 경계선 위에 서는 일이 실제로는 고달프고 위험한데, 그것은 우리 삶이 끝없이 결단을 내려야 하고 다른 선택 가능성을 배제하려 들기 때문입니다. 그런데도 제 운명과 제 일은 경계선 위에 서려는 성향과 이 성향의 긴장에 따라 결정되었습니다.

두 기질 사이에서

한 자녀의 인격 형성에 부모의 인격이 끼치는 영향력을 지나치게 강조해서는 안 됩니다. 하지만 양친이나 조상의 인격 특질이 자녀나 후손에게 현저히 되풀이된 나머지 자녀에게 깊은 갈등을 일으킬 수도 있습니다. 이런 일이 유전 때문에 일어나는지, 아니면 어린 시절의 인상 때문에 일어나는지 알 수 없습니다. 그런데도 브란덴부르크 출신의 아버지와 라인강 서쪽 지방 출신의 어머니가 결합해서 제 안에 동독과 서독 사이의 긴장을 심어놓았다는 사실을 저는 추호도 의심하지 않았습니다. 동독에는 우울한 기분으로 사색하는 경향과 높은 의무감과 죄책감, 권위를 존중하는 봉건주의 전통이 여태껏 살아 있습니다. 그런가 하면 삶에 열정을 쏟고, 구체적이고 역동적이고 합리적이고 민주적인 것을 사랑하는 것이 서독의 특징입니다. 아버지라고 해서 동독의 특징만 있는 것이 아니고 어머니라고 해서 서독의 특징만 있는 것은 아니겠지만, 부모의 대립하는 특질이 제가 안팎으로 살아가는 과정에 영향을 미쳤던 것은 사실입니다. 부모의 인격 유산이 자녀가 살아가는 삶을 결정한다는 사실이 중요하지 않고, 삶의 범위를 정해주고 중요한 결정을 끌어내야 할 삶의 내용을 마련해준다는 사실이 중요합니다.

부모 양쪽으로부터 물려받은 이중의 유산을 고려하지 않고서는 경계선 위에 서 있는 제 처지는 이해되기 어렵습니다. 어느 정도는 어머니가 요절했다는 이유로 저는 아버지의 영향을 훨씬 더 많이 받았습니다. 따라서 어머니 세계의 특징은 제가 아버지 세계와 끊임없이 씨름하면서 드러났습니다. 제 안에 있는 모계적 기질이 드러나기 위해서는 폭발이, 때로 아주 격렬한 폭발이 불가피했습니다. 고전적 의미의 평정이나 조화와 같은 기질은 제가 물려받은 인격 유산이 아니었습니다. 이런 까닭에 괴테가 말하는 고전주의 인격 특질이 제게는 낯설었고, 고전주의 시대보다는 외려 고대 그리스의 고전주의 이전과 이후의 시대에 더 동화되기 쉬웠습니다. 이 긴장은 제 역사 해석에 깔린 다음과 같은 근본 전제를 어느 정도 설명해줍니다. 역사를 자기폐쇄적 원형 사관으로 보는 고전주의 전제와 달리, 목표를 향해 움직여 나아가는 직선 사관을 선택한 일이라든지, 두 가지 상반되는 원리의 대립 투쟁이 역사의 내용을 구성한다는 생각, 플라톤이 가르쳤듯이 진리가 저 너머 영원한 '피안'에 있지 않고 투쟁과 운명 한가운데 있다는 역동적 진리론 등의 전제입니다.

도시와 시골 사이에서

⌒∽❦∽⌒

네 살부터 열네 살 때까지 저는 아버지께서 주임 목사이
자 교구 관리자로 계셨던 엘베강 근처의 한 소읍에서 살았습
니다. 독일 여러 지역의 소읍에 거주하는 주민은 전형적인
'농경 시민'(farmer-burgher), 즉 읍에 서주하면서 꽤 큰 규모의
농장을 경영하는 대체로 유복한 사람들이었습니다. 이런 유
(類)의 읍은 시골티가 물씬 풍겼습니다. 마당과 헛간, 마당과
헛간에 딸린 정원이 있는 집이 많았는데, 겨우 몇 분이면
집에서 밭으로 걸어갈 수 있었습니다. 아침 저녁으로 소와
양들이 거리에 떼로 몰려다녔습니다. 하지만 이 소읍은 중세
시대만큼이나 오래된 나름의 공민권과 전통을 지닌 진짜
읍이었습니다. 집과 상점이 빼곡히 줄지어 선 좁은 거리로
읍의 성문이 나 있었습니다. 한밤중의 으스스한 숲이나 고요

한 들판, 잠자는 듯한 촌락과는 대조적으로, 북새통을 이루는 읍의 안락하고 방어하는 듯한 분위기는 제가 어린 시절에 받았던 최초의 가장 강력한 인상이었습니다. 철도 때문에 거반 신화에 가까운 충격을 받았던 베를린을 몇 차례 방문했을 때 이 기억이 새록새록 떠올랐고, 자주 대도시를 갈망하는 충동을 느꼈습니다. 베를린 방문은 나중에 제게 여러모로 영향을 미쳤는데,「기술의 합리성과 신화성」[2]과「상징으로서의 기술도시」[3]라는 철학 논문으로 표출되었습니다.

이처럼 도시에 끌리게 되면서 저는 기술문명을 낭만적으로 거부하는 우(愚)를 범하지 않았고, 지성과 예술적 삶의 비판적 측면이 발전해 나가는 데 도시가 중요하다는 사실을 배웠습니다. 후일에 저는 대도시에서만 가능한 보헤미안주의 운동을 극히 중요하게 여겨 지지했습니다. 저는 도시가 지니는 엄청난 내부 활력과 외부 규모 모두를 심미적으로 이해하는 법도 배웠습니다. 그러다가 마침내 저는 대도시에서 집중적으로 일어난 정치 사회 운동을 몸소 겪었습니다. 제가 이런 체험을 했고, 이 체험이 제게 지속해서 영향을 ―이를테면 도시가 지닌 신화성 같은― 끼쳤기에 제 책『종교 상황』[4]이 인기를 끌게 되었습니다.

하지만 저는 시골과 훨씬 더 긴밀한 유대를 맺었습니다.

제 인생의 거의 모든 아름다운 추억이나 열망은 시골 풍경이 나 땅, 기후, 곡물 밭, 가을날의 감자 줄기 냄새, 구름 모양, 바람, 꽃, 나무와 얽혀 있습니다. 제가 나중에 독일과 남서부 유럽 곳곳을 두루 여행하면서 땅에 강렬한 인상을 받았습니다. 아름다운 자연에 둘러싸여 열중해서 읽은 셸링의 자연철학은 제가 자연에 대해서 품은 감정을 고스란히 대변해 주었습니다.

제가 여덟 살 무렵부터 해마다 바닷가에서 보낸 수주일과 나중의 수개월은 제 삶과 일에 엄청나게 중요했습니다. 무한이 유한에 맞닿는 순간을 체험한 것은 한계상황에 빠져드는 제 성향과 맞아떨어졌고, 제 감정에 내용을 채워주고 사상에 창조력을 불어넣는 상상의 날개를 세 상상력에 달아주었습니다. 이런 체험을 하지 않았더라면 제가 『종교실현』에서 주장한 인간의 한계 상황론은 제대로 발전되지 못했을 것입니다.

바다를 관조할 때 얻은 색다른 요소도 있습니다. 바다가 고요하고 견고한 땅을 막무가내로 덮치는 순간과 질풍노도의 황홀경입니다. 제 논문 「대중과 정신」[5]의 "역동적 대중론" 은 제가 사납게 날뛰는 바다를 직접 체험한 끝에 나온 이론이었습니다. 바다는 역동적 진리의 근거와 심연으로서의 절대자(神)에 대한 이론과 영원자(神)가 유한자(인간을 비롯한 피조계)에 끼어드는 순간으로서의 종교 본질을 이해할 때 필수적인 상상의 요소도 제공했습니다. 니체는 노천에서 사유되지 않는 어떤 사상도 진리가 아니라고 말했습니다. 저의 숱한 사상은 노천에서 착상되었으며, 제 글의 상당수도 숲 한가운데와 바다 옆에서 지어졌습니다. 도시적인 것과 시골스러운 것 사이를 규칙적으로 왕래하는 일은 언제나 제 인생에 없어서는 안 될 신성한 것이 되었으며, 지금도 그렇습니다.

사회 계층 사이에서

〰️

　저는 어린 시절 소읍 생활의 특성으로 빚어진 사회계급 사이의 경계선을 보았습니다. 공립학교에 다니면서 사귄 친구들이 제 부모님이나 시장, 의사, 약사, 일부 상인과 몇몇 인사들로 대표되는 상류층에 적대감을 품을 때 저도 동조한 적이 있습니다. 몇몇 상류층 친구들과 함께 라틴어 개인교습을 받았고 나중에는 이 친구들과 함께 인근 도시의 김나지움 (우리의 고등학교, 역자 주)에 다녔지만, 진짜 제 친구들은 공립학교의 가난한 아이들이었습니다. 이 때문에 저와 같은 사회적 수준의 아이들과 적지 않은 마찰을 빚었으며, 결국 이 친구들과는 학창시절 내내 서먹서먹하게 지냈습니다. 제가 특권층에 속한다는 사실 때문에 후일에 제 삶이나 연구에 무척 중요해진 사회적 죄의식이 아주 일찍부터 생겨났습니

다. 감수성이 예민한 상류층 아이가 하류층 아이들과 어려서
부터 친밀하게 지내면 두 가지 결과만이 가능하지 않은가
싶습니다. 하나는 사회적 죄의식이 자라난다든지, 아니면
하류층 아이들이 상류층 아이들에게 공격적 적대감을 품을
때 이에 대한 한 가지 반응으로 계급적 증오심을 함께 품는
것입니다. 저는 이 두 가지 모두를 자주 맞닥뜨려 왔습니다.

그러나 사회 문제와 관련해서 제가 경계선 위에 처한
상황은 범위가 더 넓습니다. 아버지께서 맡고 계셨던 교구에
는 토지를 소유한 옛날의 귀족계급 출신 인사들이 상당수
있었습니다. 이들은 교회의 후원자들이었기에 부모님은 목
회적으로나 사회적으로 이들과 접촉하실 수밖에 없었습니
다. 저는 부유층 교인들의 저택을 방문해서 그 자녀들과 어울
릴 수 있다는 사실을 으스대곤 했습니다. 이 가문의 후손
한 사람은 지력이 특출했는데, 제 평생의 친구가 되었습니다.
이와 같은 접경선 위의 상황으로 말미암아 제가 나중에 가서
부르주아 계급(제가 속한 사회계급)을 반대한 사실 자체만으로
―사회주의 운동이 흔히 그런 식으로 흘러갔던 것처럼―
부르주아적으로 되지는 않았습니다. 그 대신 저는 사회주의
원칙과 내적 유사성을 가진 봉건주의 전통 요소를 사회주의
안에 통합시키려고 했습니다. 제가「종교사회주의의 기본노

선」[6]에서 처음으로 그리고 나중에 『사회주의적 결단』[7]에서 발전시키려고 했던 종교사회주의의 특수 윤곽은 이런 제 태도에 근거합니다. 이런 까닭에 제가 독일 사회민주당만큼 이나 부르주아적이었던 한 정당에 가입한 것은 쉽지 않았지만, 순전히 그 시대의 정치 상황 탓이었습니다. 젊은 날 이 체험을 다룬 논문「권력 문제: 하나의 철학적 기초 작업을 위한 시도」[8]는 가까운 제 동료들에게도 오해를 샀는데, 그것은 그들 특유의 부르주아 태평주의 때문에 저처럼 양 계층의 경계선 체험을 하지 못했기 때문입니다.

이제 다른 어느 나라보다 특히 독일에서 각자의 고유 전통을 지닌 채 별도의 집단을 이루고 있는 공직사회에 대해서 몇 마디 해야만 하겠습니다. 학교의 교직원이자 프로이센의 한 대학 교수인 목사의 아들로 출생한 저 역시 좁은 의미로 본다면 이 공직 집단에 속한다고 하겠습니다. 프로이센 관료주의의 실체는 칸트의 『실천이성 비판』(*The Critique of Practical Reason*)이 매우 명쾌하게 정리하고 있습니다. 프로이센 관료주의는 의무감을 으뜸으로 치며, 법과 질서를 최고의 규범으로 존중하고, 국가 권력을 중앙집권하는 경향이 있으며, 군부나 행정당국에 순복할 것을 요구하며, 국가와 같은 '유기 통일체'에 개인을 의도적으로 종속시키려고 합니

다. 그러므로 대부분의 독일 철학이 철학 이론이나 정치 관행
에 고도로 발전된 체계를 선호하는 이유를 이런 관료주의에
서 찾는 것은 극히 온당합니다. 프로이센 관료주의 이념은
제 삶과 연구 여러 군데에 반영되었습니다. 예컨대 제 책
『학문체계에 관한 개요』[9]나 평시나 전시에 제가 군부나 행정
당국에 기꺼이 순복하고자 노력한 일, 제가 전반적으로 반대
한 정책을 내건 정당을 지지한 일에 반영되었습니다. 저는
이런 태도의 한계를 너무나 잘 알고 있습니다. 예컨대 개인적
결정을 내릴 때나 관습을 어길 때마다 엄청난 양심의 부담감
이 생겼고, 예기치 못한 새로운 일에 부딪힐 때 우물쭈물하거
나, 이렇게 우유부단하다 보니까 개인적 결정을 내릴 위험부
담을 줄여주는 하나의 거대한 총괄 체제를 갈망하는 한계가
있습니다.

두드러진 부르주아적 삶을 고질적으로 혐오하다 보니
저는 '보헤미아'라는 작은 사회집단을 더 선호했습니다. 예술
가, 배우, 언론인, 작가가 보헤미아 집단 내부에 큰 영향력을
행사했는데, 이들은 지적 열정이 뜨거웠지만 그 외양은 전혀
비(非)부르주아적이었습니다. 신학자요 교수인 저는 다시금
경계선 위에 서게 되었습니다. 사고할 때나 행동할 때 어떤
부르주아 관습에도 전혀 물들지 않았다는 것과 반어적으로

자아비판을 하는 능력이 출중했다는 것이 보헤미아 그룹의
특징입니다. 보헤미안들은 중산층이 잘 찾지 않는 카페나
작업실, 휴양지에서 모였습니다. 이들은 과격한 정치비판에
경도되었고, 동류 계층의 인사들보다 공산주의 노동자들에
게 더 친근감을 표시했습니다. 국제 예술가 운동이나 문학가
운동을 추종했습니다. 곧잘 회의주의에 빠졌고, 종교적으로
과격했으며, 낭만적 구석도 있었습니다. 또한 반(反)군국주의
성향이 짙었으며, 니체와 표현주의, 정신분석학의 영향을 받
았습니다.

봉건 질서를 신봉하는 사람들이나 유복한 부르주아 계층
의 사람들 누구도 보헤미아 집단을 반대하지 않았습니다.
역으로 양 계층 인사들은 언제나 보헤미아 집단에 자유롭게
가입했습니다. 이들은 보헤미아 회원이 되는 조건으로 자신
이 누리던 사회경제적 특권을 보헤미안들에게 제공했습니다.

보헤미안을 반대한 이들은 외려 소시민 계급(petit bour-
geoisie)의 하류 중산층이었습니다. 이들은 편견과 가식으로
똘똘 뭉쳐 있었고, 지식 문제나 특히 예술 문제에는 관심을
뚝 끊은 채, 오로지 자신의 안전에만 급급한 나머지 지식인
계급을 불신했습니다. 제가 이들 소시민 계층의 삶에 한 번도
진지하게 관여한 적이 없었고, 외려 이 계층 출신의 다수가

그랬던 것처럼, 저 역시 완전히 의식하지 못한 채 누가 보더라도 눈에 띄게 거만을 떨며 소시민의 삶을 거부한 사실에서, 제 개인적인 지적 운명의 꼴이 갖추어졌습니다. 소시민 계급주의의 편협함을 극복하고자 지적으로 발버둥 치다 보니 끊임없이 새로운 전망이 열렸지만, 결과적으로는 이 전망 때문에 제가 지적으로나 사회적으로 편히 쉴 안식처를 찾지 못했습니다. 지식인 사회에 심각한 타격을 준 나머지 결국 지식인 사회를 붕괴시킨 중산층 계급의 반동적 혁명으로 저는 개인적 피해를 입었습니다. 독일 지식인들이 중산층을 어느 정도는 정당하게 그리고 어느 정도는 부당하게 배격한 이유로 낭만적 중산층 계급의 이데올로기(나치주의)를 대변하는 자들이 이 지식인들에게 앙심을 가득 품고 박해를 가했던 것입니다.

현실과 상상 사이에서

현실을 있는 그대로 받아들이지 못하다 보니 저는 어려서부터 공상의 세계에 빠져들었습니다. 열넷에서 열일곱 살까지 바깥세상보다 더 진짜인 것처럼 보인 상상의 세계로 곧잘 빠져들곤 했습니다. 세월이 흐르면서 이런 낭만적 상상력은 철학적 상상력으로 바뀌었습니다. 행이든 불행이든 철학적 상상력은 그 후에도 제 곁을 떠나지 않았습니다. 철학적 상상력으로 여러 범주를 결합했고, 구체적 용어('색깔'과 같은 용어)를 써서 추상적인 것을 인식했으며, 개념 가능성을 광범위하게 실험했던 것은 다행이었습니다. 하지만 상상력을 가졌다는 이유로 상상해서 만들어낸 것을 현실적인 것으로 오해하는 위험을 감수한다면, 다시 말해 경험과 합리적 비판을 소홀히 여기거나, 대화가 아닌 독백으로 사유하고 상상력을 과학적 노력과 무관한 것으로 여기는 위험을 무릅써야 한다면, 철학적 상상력은 그 가치를 의심받을 수밖에 없었습니다. 좋건 나쁘건 간에 이처럼 상상력에 잘 빠지는 성향(몇 가지 다른 상황과 겹쳐서) 덕분에 저는 그렇고 그런 통속적 학자는 되지 않았습니다. 20세기 지식인들은 학자가 편협한 의미의 '전문가'가 되는 것에 일종의 혐오감을 품었습니다.

상상력이 발현되는 방식은 여러 가지가 있겠지만, 특히 놀이의 즐거움에서 나타납니다. 저는 평생 놀이의 즐거움에 빠져 살아왔는데, 게임이나 스포츠(저는 스포츠를 놀이 이상으로 여긴 적이 없습니다), 오락, 유희 감정에서 기쁨을 만끽했습니다. 이 유희 감정에는 생산적 순간이 딸려오는데, 유희 감정이 이 생산 순간을 인간 자유의 가장 숭고한 형태로 표현해줍니다. 낭만적 놀이이론이나 니체가 "엄숙한 정신"에 반(反)해서 놀이를 선호한 사실, 키르케고르가 말한 "심미적 영역", 신화론의 상상적 요소가 제게는 늘 매력적으로 다가왔지만, 위태롭기도 했습니다. 어쩌면 제가 강경하고 진지한 예언자 종교에 점점 더 깊이 빠진 이유도 이 위험성을 직감했기 때문일 것입니다. 제가 『사회주의적 결단』[10]에서 신화론적 의식 (意識)을 언급한 이유는 민족주의적 이단 종교에는 궁극적으로 진지함이 모자란다는 점을 비판하는 동시에 제 안에 근절

되지 않은 신화적이고 낭만적인 요소에 저항하기 위함이었습니다.

　예술이야말로 최고의 놀이 형태며, 상상력으로 무엇인가를 진정으로 창조해내는 영역입니다. 창조예술 분야에서 아무것도 내놓은 것이 없지마는, 제가 예술을 사랑한다는 사실만큼은 신학과 철학을 연구할 때 극히 중요했습니다. 아버지는 가정에서 개신교 복음 사역과 관련된 음악 전통을 놓지 않으셨습니다. 친히 작곡도 하셨습니다. 그러나 대부분의 독일 개신교인들처럼 건축과 미술에는 관심이 없으셨습니다. 저는 예술적으로 소질이 없는 데다가 나중에 가서야 겨우 시각예술에 눈뜨게 되었으므로, 예술에 대한 동경은 자연히 문학 쪽으로 기울어졌습니다. 이것은 김나지움에서 인문주의 교육 전통을 따라 이루어졌습니다. 셰익스피어에 대한 슐레겔의 독일 고전번역이 특히 중요했습니다. 저는 햄릿과 같은 인물들을 (거의 위험할 지경으로) 저와 동일시했습니다. 오늘날 제가 실존주의에 본능적으로 공감하게 된 것도 위대한 문학작품에 대한 실존주의의 이해와 어느 정도 연관이 있습니다. 괴테도 도스토옙스키도 실존주의에 맞먹는 영향력을 제게 미치지 못했습니다. 저는 도스토옙스키를 너무 늦게 알았습니다. 괴테의 작품은 키르케고르적 의미의 한계

상황에 너무 무관심한 듯이 보였습니다. 제가 한층 성숙해졌을 때 이런 판단을 바꾸기는 했지만, 그때까지만 해도 괴테의 작품은 충분히 실존주의적이지 않은 것처럼 보였습니다. 한동안 햄릿에 심취한 시기가 지나간 다음에도 시적 상상력으로 태어난 인물들과 저를 완전히 동일시하는 능력은 시들지 않았습니다. 제 인생의 몇 주간이나 몇 달은 이런저런 문학작품에 따라 그 특수한 분위기가 ―이를테면 그 색깔 같은 것이― 결정된 적이 있습니다. 이것은 뒷날 어쩌다가 띄엄띄엄 읽기는 했지만 열심히 읽었던 소설에서 특히 그랬습니다.

하지만 문학은 순수한 예술적 정관(靜觀)을 완전히 충족시켜주기에는 지나치게 철학적이었습니다. 그러다가 미술을 알게 된 것은 획기적이었습니다. 이 체험은 전쟁의 공포와 추악성, 파괴성에 대한 하나의 반발작용으로 1차 세계대전 중에 일어났습니다. 군대 책방에서 구한 조악한 모조품에도 즐거움을 누리다가 급기야 예술사를 체계적으로 연구하는 데까지 발전했습니다. 이런 연구를 하다 보니 예술세계의 참모습을 맛보게 되었습니다. 제가 전시에 마지막으로 나온 휴가 때 베를린에서 보티첼리(Botticelli/1445~1510, 이탈리아 초기 르네상스 시대의 대표적 화가, 역자 주)의 그림을 처음 접했던 추억이 ―거의 하나의 계시처럼― 너무나 생생합니다. 이 체험에 따라 철학적이고 신학적으로 성찰하다 보니 문화와 종교철학의 몇 가지 기본 범주, 즉 형식과 내용을 발전시키게 되었습니다. 한 예술작품의 내용이 어떻게 형식을 파괴할 수 있는지에 그리고 이 파괴 과정에 함축된 창조적 황홀감에, 제가 예술적으로 눈을 뜨게 된 것은 20세기의 첫 10년 동안 독일에서 출현하여, 전쟁이 끝난 후 비로소 대중의 인정을 받은 표현주의 양식 덕분이었습니다. 이 표현주의 양식은 하류 중산층의 몰지각한 기호에 맞서 치열한 다툼을 벌인 끝에 대중에게 인정을 받았습니다. 제 계시론의 주축을 이루는 '돌파' 개념이 바로 이 통찰력을 활용한 한 예입니다.

장차 표현주의가 밀려나고 새로운 현실주의가 도래했을 때, 저는 이 새 양식을 연구해서 "믿을만한 현실주의"(belieful realism)로 발전시켰습니다. "믿을만한 현실주의"는 『종교상황』11의 중심 개념이었기에 한 예술가 친구에게 헌정했습니다. 제 강연 "대중과 인격성"12은 서양 예술계를 대표하는 여러 개인과 여러 단체에 감명을 받아 얻은 영감과 소재로 태어났습니다. 고대 교회, 이 고대 교회가 시도한 '하나님과 세계', '교회와 국가'의 신학 문제에 대한 해법에 제가 점차 푹 빠져든 것도 이탈리아의 초대교회 예술에서 얻은 깊은 감명 덕택이었습니다. 고대 로마의 바실리카 모자이크야말로 교회사를 제아무리 연구해도 못 얻는 교훈을 가르쳐주었습니다. 그림에 관한 관심은 제 논문 "조형미술의 유형과 소재"와 1930년 베를린에서 열린 종교예술 전시회의 개관식 때 제가 한 연설 "대상과 방법에 따른 학문체계"13 그리고 「종교철학」14과 『종교상황』에 그대로 반영되었습니다.

　이처럼 현대 미술을 생생하게 체험하다보니 호프만슈탈이나 게오르크, 릴케, 베르펠 등의 작가들로 대변되는 현대 독일문학을 이해하는 길도 저절로 열렸습니다. 저는 특히 릴케의 후기 시에 깊은 감명을 받았습니다. 릴케의 시에 나타난 정신분석학적으로 심층적인 사실주의와 풍부한 신비성, 형이상학 내용으로 가득 찬 시의 형식으로 말미암아, 그의 시는 제 종교철학 개념을 사용해 오로지 추상적으로만 상세히 설명할 수 있었던 통찰을 얻는 하나의 통로가 되었습니다. 제게 시를 소개해준 아내에게나 저 자신에게 릴케의 시는 되풀이해서 읽어가는 기도서가 되었습니다.

이론과 실제 사이에서

⌒~∾⧫∾~⌒

제가 실제 문제보다는 지식 작업에 헌신하는 삶을 살아갈 운명이라는 사실을 의심한 사람은 없었습니다. 저는 여덟 살 무렵 처음으로 무한자 개념을 붙들고 씨름했습니다. 학교 수업시간과 견진성례를 위한 수업시간에 저는 기독교 교의학에 매료된 나머지 대중 철학 서적을 두루 섭렵했습니다. 인문주의 전통의 교육을 받았고 그리스어와 그리스 문학에 열중했기에 이론 쪽으로 쏠린 제 성향은 더더욱 심해졌습니다. 순전한 명상만이 순전한 행복을 가져다준다고 아리스토텔레스가 『니코마코스 윤리학』(*Nichomachean Ethics*)에서 했던 주장에 저는 전적으로 동감했습니다. 전통 종교의 진리와 내적으로 씨름했기에 저는 사변적 영역에 갇히게 되었습니다. 하지만 종교 생활에서 하는 사색은 존재에 대한 철학적 시사(示唆)와는 다른 무엇을 함축합니다. 종교 진리는 한 사람의 실존 자체가 송두리째 걸려 있는 문제입니다. 사느냐 죽느냐 하는 물음이 걸려 있습니다. 종교 진리는 실존 진리인데, 실존 진리인 만큼 실천과 분리될 수 없습니다. 요한복음이 말씀하듯이 종교 진리는 행하여진(acted) 진리입니다.

그런데도 사색하는 쪽으로만 치우친 것은 제가 문학의 공상으로 도피한 것과 마찬가지로 현실로부터의 도피임이 곧 판명되었습니다. 제가 이 위험성을 알아차린 뒤 실제 문제에 부딪히자마자 실천 영역에 열정적으로 뛰어들었는데, 이것은 지적 진리를 추구하는 데 유익하기도 했고 불리하기도 했습니다. 이처럼 일상 사건에 직접 뛰어든 첫 번째 예가 제가 빈골프(Wingolf)로 불리는 학생회 조직에 적극적으로 참여한 일입니다. 빈골프의 기독교 원칙이 현대 자유주의 사상이나 실천과 충돌할 때 빚어진 긴장뿐만 아니라, 청년 학생 단체에 휙 불어 닥친 긴장으로 말미암아 실제 정책에서 수많은 문제점이 드러났는데, 특히 제가 빈골프의 회장으로 있을 때 그랬습니다. 빈골프에서 교회 원칙의 문제를 워낙 깊이 있게 토론하다보니 이 논쟁에 적극적이었던 회원들은 모두 이 토론 덕을 톡톡히 보았습니다. 저는 빈골프에서 활동하는 동안 교파 신조와 같은 객관적 진술의 가치를 충분히 이해했습니다. 한 신앙 공동체가 개인의 신앙이나 의심을 뛰어넘어 신앙고백의 근거를 다함께 인정한다고 할 때, 설령 개별적으로 의심하고 비판하거나 머뭇거리는 경향에 여지를 준다고 할지라도 하나로 뭉치게 될 것입니다.

대학 교육을 마친 후, 저는 2년 동안 교구 목회를 돌봤고, 4년 동안 서부전선에서 야전 군종 목사로 복무했습니다. 전쟁이 끝난 뒤에는 잠시 교회 행정 업무를 맡은 적도 있습니다. 이처럼 실천 사역에 종사한 기간에 제 이론학습은, 완전히 중단되지는 않았지만, 심각하게 제한되었습니다. 실천 문제에 몰입했다고 해서 이론적 삶에 대한 저의 기본적 헌신마저 흔들린 것은 아니었습니다.

혁명이 발발했을 때 이론과 실제 사이의 긴장은 더욱 첨예해졌습니다. 저는 처음으로 정치 상황을 예민하게 의식했습니다. 1914년 이전의 독일 지식인 대부분이 그랬던 것처럼 저 역시 정치에 무덤덤한 편이었습니다. 사회적 죄악상에 대한 우리의 의식이 아직 정치적으로 표출되지 않은 시기였습니다. 독일제국이 붕괴하고, 1차 세계대전의 마지막 해에 혁명이 발발했을 때 비로소 저는 전쟁이 일어난 정치 배경이나 자본주의와 제국주의의 상호 연관성, 부르주아 사회의 위기, 계급 간의 분열과 같은 문제에 눈을 뜨기 시작했습니다.

전쟁이 몰고 온 엄청난 압박감은 신(神)개념을 모호하게 하거나 아니면 그 자리에 악마적 색채를 덧칠할 만큼 위협적이었는데, 전쟁에 대한 인간의 책임을 발견하고 인간사회의 재편성에 희망을 걸면서 그 출구를 찾았습니다. 종교사회주의 운동에 동참해야 한다는 소리가 들려왔을 때, 저는 그 소리를 외면할 수 없었으며, 외면하고 싶지도 않았습니다. 종교사회주의 운동을 시작했을 때 우리는 처음에 "종교와 사회주의"라는 이론 문제에만 천착했습니다. 제가 속한 사업 분과는 메니케, 하이만, 뢰브 등등과 같이 명백히 이론에만 관심을 가진 일군의 교수들로 구성되었습니다. 그러나 우리의 사업 목적이 다분히 정치적이었기에, 이론적 입장과 자주 충돌한 현실정치 문제와 어쩔 수 없이 부딪히게 되었습니다. 종교사회주의가 교회와 정당에, 또한 우리가 교수로 재직하는 한, 대학 사회에 미치는 영향을 함께 토론했을 때 이 갈등이 드러났습니다.

개신교 복음주의 교회는 교회 정책을 바꾸고 이론 문제를 토론함으로써 교회와 사회민주당 사이의 간격을 줄일 목적으로 종교사회주의자 연맹을 결성했습니다. 이 연맹의 이론 기반이 튼실치 못하다고 판단해서, 부당할지 모르지만, 이 단체와 선을 긋는 바람에 저는 교회 정치에 적극적으로 뛰어들 기회를 잃었습니다. 이렇게 해서 이론과 실제 사이의 긴장이 완전히 해소되었는데, 이론에 별 이득은 안 되었을지 모르지만, 이론에 우호적 방향으로 그렇게 되었습니다.

저와 사회민주당의 관계도 마찬가지였습니다. 이 정당의 이론 기초를 구축함으로써 영향력을 행사하고자 저는 당원이 되었습니다. 이 목적을 달성하고자 저는 종교사회주의자 단체에 가입한 동료들과 함께 「사회주의를 위한 새 신문」15이라는 잡지를 창간했습니다. 우리는 이 잡지로 독일 사회주의의 경직된 신학에 새 생명력을 불러일으키고, 종교적이고 철학적 시각에서 독일 사회주의를 개조하고자 했습니다. 제 자신은 실제적인 정치 문제에 관여하지 않았지만, 제 동료 중에 상당수는 정치적으로 석극적이었기에 이 잡지는 당시의 정치상황이 빚어낸 여러 가지 문제에 휘말리고 말았습니다. 물론 저는 제게 주어진 특수임무를 외면하지 않았습니다. 그럼에도 저는 정치 목적에 부응하고, 정치운동의 개념 형식을 마련해주려던 이론 작업에 다시금 해를 끼치면서까지 그런 특수임무를 추구하지는 않았습니다. 다른 한편으로, 제가 정치적 실제 문제에 가물에 콩 나듯 드물게 뛰어들기는 했지만, 이 탓으로 제 전문 연구 작업에 절실한 집중력이 방해를 받았습니다.

이론과 실제 사이의 긴장은 전쟁이 끝난 후 독일 대학을 재건하려는 논의에서 최악으로 치달렸습니다. 19세기에 걸쳐서 학문의 전문화가 이루어졌고, 양적으로나 질적으로 전문적 직업교육에 대한 요구가 증가함에 따라서 고전주의라는 옛 인문주의 이상은 손상을 입었습니다. 학생들이 대거 몰려들면서, "다재다능한 전인(全人) 교육"에 대한 고전적 이상을 옹호하는 척 시늉하기도 어려웠습니다. 이상과 현실 사이의 괴리를 메우고자 효과도 없는 타협안들이 고안되었습니다. 1931년 11월 22일 「프랑크푸르트신문」(*Frankfurter Zeitung*)에 기고한 글에서 저는 빗발치는 찬반양론을 불러일으킨 이중의 교육 개혁안을 제시했습니다. 먼저 저는 전문학교의 설립을 옹호했고, 그 다음에 대학의 고루한 이상을 대변한 전문 직업훈련의 과업에 얽매이지 않는 교양과목 교수단의 필요성을 역설했습니다. 이 두 가지 혁신안은 서로 연관되었지만, 그 목표와 방법에는 차이가 났습니다. 교양과목을 가르치는 교수는 인간 실존의 문제를 로고스로 설명해내는 철학 정신으로 충만해 있어야 합니다. 정치적으로나 종교적으로 자신이 충성하고 있는 대상에 얽매이지 않고, 철저한 질문을 자유롭게 던질 수 있어야만 합니다. 이와 동시에 교수의 교육철학은 현대인의 정신 문제나 사회 문제를 충분히 숙지하고 있어야만 합니다. 창조적인 위대한 철학은 늘 이런 요구를 반드시 충족시켜야만 합니다. 이 사실은 19세기 철학이 거의 예외 없이 점점 더 학교의 도구이자 '철학과 교수들'의 도구로 전락했다는 약점을 드러냈습니다. 그러나 우리가 살고 있는 금세기가 정치 수단을 이용해서 근본 질문의 숨통을 조이거나 특정 정치 세계관을 강요하려고 할 때마다 철학은 적지 않은 타격을 입게 될 것입니다. 오늘날의 '정치적 대학'은 실천을 위해 이론을 희생합니다. 이것은 이론을 위해 실천을 희생하는 정반대의 경우와 마찬가지로, 이론을 위한다는 명목으로 실천을 희생하는 대학이나 실천을 위한다는 명목으로 이론을 희생하는 대학 모두에게 치명적입니다. 작금에 이르러 이론과 실제 사이의 경계선은 장차 대학의 운명이 걸려 있을 뿐 아니라, 문명 세계의 인본주의 문화의 운명이 결정될 전쟁터가 되었습니다.

타율과 자율 사이에서

저는 심각한 투쟁을 겪은 후 비로소 지적이고 도덕적인 자율에 도달했습니다. 아버지의 권위는 인격적이며 지성적인 권위였는데, 교회 안에서 아버지의 직위 때문에 저는 아버지의 권위를 계시의 종교 권위와 동일한 것으로 여겼습니다. 아버지의 권위는 자율적으로 사고하는 것은 무엇이든지 종교적으로 대드는 행위로 간주했으며, 권위를 비판할 때 저절로 죄책감이 생겨나게 했습니다. 하나의 금기를 깨부숨으로써 새로운 지식을 얻을 수 있으며, 자율적으로 사고하는 것은 무엇이든지 죄책감이 수반된다는 인류의 해묵은 경험담은 제 자신의 근본 체험이기도 했습니다. 그 결과 모든 신학적, 윤리적, 정치적 비판은 내적으로 장애물을 만났는데, 이 장애물은 오랜 투쟁을 겪은 후에만 극복되었습니다. 제게 이 사실은 앞에서 말씀드린 탁견(卓見)의 중요성과 진지함, 영향력을 고조시켰습니다. 일반 지식인들에게 이미 오래전부터 진부한 것이 된 결론에 너무 늦게 도달했지만, 제게 이 뻔한 결론은 여전히 충격적이고 혁명적 의미로 가득 차 있는 것처럼 보였습니다. 저는 자유분방한 지성을 의심의 눈초리로 보았습니다. 100% 자율적인 사고에는 창조력이 있다고 믿지 않았습니다. 저는 이런 의심의 눈초리로 일련의 대학 강연을 했는데, 이 강연은 특히 과거와 현재의 자율적 사유의 참혹한 실패를 ―예컨대 합리적 자율성이 출현하면서 회의주의와 개연론으로 굴러 떨어졌다가 다시금 고대 후기의 '신의고주의'(新擬古主義)로 회귀하고 만 그리스 철학의 발전 과정을― 다루었습니다. 이렇게 해서 저는 자율적 이성 그 자체로는 실질 내용을 가진 세계를 창조할 수 없다는 역사적 증거를 결론으로 얻었습니다. 중세철학과 개신교 지성사를 강의하면서, 또한 제 논문『종교상황』에서 저는 이 생각을 서양 사상사에 적용했는데, 그 결과로 신율의 필요성을 찾아냈습니다. 신율은 종교 본질에 정통한 자율입니다.

순수 자율을 비판한다고 해서 새로운 타율로 가는 길이 쉬워지지는 않았습니다. 신의 권위나 세속 권위에 굴복하는 타율이야말로 정확히 제가 배격해 온 것이었습니다. 저는 타율로 돌아갈 수도 없거니와 그렇게 하고 싶지도 않습니다. 현재 유럽에서 일어나고 있는 사태의 동향이, 옛 방식의 타율이든 새 방식의 타율이든 간에 타율로 회귀하려는 움직임을 보인다고 한다면, 저는 그런 동향 배후의 동기를 충분히 이해한다고 하더라도 격렬하게 반대할 도리밖에 없습니다. 힘들게 투쟁해서 얻은 자율은, 언제나 하나의 기정사실로 용인된 것이 그런 것처럼, 그렇게 쉽사리 포기되지 않습니다. 성스럽기 이를 데 없는 권위가 강요하는 금기사항을 일단 깨부순 사람은 종교적 타율이든 정치적 타율이든 간에 또 다른 형태의 타율에 쉽사리 굴종할 수 없습니다. 우리 시대의 수많은 사람이 이런 타율에 너무나 쉽게 굴복해버린 것은 대부분 정통 권위를 둘러싼 공허감과 회의감에서 비롯되었습니다. 아무런 희생이나 투쟁을 치르지 않고 얻은 자유는 쉽사리 내팽개쳐지고 맙니다. 유럽의 청소년들이 새로운 속박을 갈망하는 현상은(사회학적 요인은 제쳐두고서라도) 순전히 이런 맥락에서 이해될 수 있습니다.

저는 로마 가톨릭교회라는 가장 명백한 형태의 타율 종교 조직을 오랫동안 반대해왔습니다. 제 반대는 프로테스탄트적이며 자율적이었습니다. 제가 가톨릭을 반대했던 것은, 개신교와 가톨릭 사이의 신학적 차이점에도 불구하고, 로마

가톨릭교회의 교리 가치나 예전 형식이 아닙니다. 외려 저는 교조주의적 권위를 마구 휘두르는 가톨릭교회의 타율성을 반대했는데, 이 권위에 겉으로만 순복할 때조차도 가톨릭교회는 그 권위가 타당하고 주장합니다. 저는 일생에 딱 한번 가톨릭 신자가 될까 말까 고심한 적이 있습니다. 1933년 독일 개신교회가 나치주의의 속셈을 알아차리기 전에 제 앞에는 두 가지의 가능성만 —가톨릭으로 개종하든지, 아니면 개신교인의 의상을 걸친 채 나치를 지지하는 민족주의적 이단아가 되든지— 있는 듯이 보였습니다. 굳이 두 가지 중 하나를 선택해야 했다면, 저는 가톨릭을 선택할 수밖에 없었을 것입니다. 하지만 독일 개신교회가 자신의 기독교적 뿌리를 잊지 않았기에 저는 굳이 가톨릭을 선택할 필요가 없었습니다.

자율과 타율 사이의 투쟁은 또 다른 수준으로 개신교회에 재등장합니다. 저는 19세기의 온건 정통주의라고 할지라도, 정확히 개신교 정통주의를 반대하면서 자율로 가는 길을 찾아냈습니다. 이런 까닭에 신(神)개념에 함축된 절대성의 관계를 인간 종교의 상대성에 적용할 때 신학적으로 근본 문제가 발생했습니다. 개신교 정통주의와 최근에 일어난 변증법적 신학(신정통주의 신학)을 포함한 일체의 종교 교조주의는 한 역사 종교가 신적인 것의 절대적 타당성을 오로지 홀로 점유했다고 우길 때 생겨납니다. 예컨대 어떤 경전이나 인물, 공동체, 제도, 혹은 교리가 절대적 타당성을 갖는다고 주장하거나 일체의 다른 현실 세계의 순종을 요구할 때 종교 교조주의가 생깁니다. 그것은 신적인 것의 절대 주장 이외에 다른 모든 주장이 존재할 수 없는 까닭입니다. 하지만 이 신적 절대주장을 역사적으로 유한한 현실에 근거시킬 수 있다는 주장이야말로 모든 타율과 모든 마성주의(魔性主義)의 뿌리입니다. 마성적인 것은 신적인 무한자만이 갖는 위상(位相)을 유한하고 제한된 무엇에 부여하는 것입니다. 어떤 것의 마성적 특징은 —이내 또 하나의 유한한 실재가 나타나 무한성을 주장하며 이 어떤 것을 대적한 나머지— 인간 의식이 무한성 주장을 하는 이 두 실재 사이에 끼여 찢어질 때 분명해집니다.

제가 타율에 부정적 태도를 보였고, 타율을 설명하고자 마성적이라는 용어를 사용한 것을 두고서는 오늘날 더는 불필요하게 된 이단심문 소장(도스토옙스키의 『카라마조프가 형제들』에 묘사된 대심문관)에 맞서 싸우는 것과 같다고 칼 바르트는 말했습니다. 저는 나치주의에 항거한 말기의 독일 고백교회의 전개 과정이야말로 타율에 맞서 싸우는 일이 여전히 긴요하다는 사실을 입증한다고 믿습니다. 이단심문 소장은 이제 바르트적 초자연주의라는 몸에 꼭 맞는, 강력한 갑옷을 걸친 채 고백교회 안으로 진입하고 있습니다. 극도로 편협한 바르트주의 입장이 혹 독일 개신교회를 위기에서 구해낼지 모르지만, 제 생각에는 프로테스탄트 원리를 거부함이 틀림 없는 또 하나의 새로운 타율, 즉 반(反)자율적이고 반(反)인본 주의적 태도를 만들어냅니다. 개신교회가 가톨릭교회의 약 화된 형태 그 이상의 것이 되기 위해서는 개신교가 성취해낸 모든 것에 맞선 저항정신이 그 내부에 계속 살아 남아있어야 만 합니다. 이 프로테스탄트 저항정신이야말로 이성적 비판 이 아닌, 예언자적 심판입니다. 프로테스탄트 저항정신은 흔히 합리주의와 인본주의 형태로 등장한다고 할지라도, 자 율이 아니라 신율입니다. 자율과 타율 사이의 모순은 신율적 이고 예언자적인 말씀으로 극복됩니다.

그러나 저항과 예언자적 비판이 프로테스탄트 정신(개신 교주의)의 필수요소라고 한다면, 이 정신을 세상에 어떻게 구현할 수 있는가 하는 문제가 생깁니다. 예배와 설교, 교육 은 전수(傳授) 가능한 내용의 표현을 전제합니다. 제도교회와 예언자적 말씀조차도 하나의 성례전적 기반, 즉 의지할 수 있는 육화(肉化)된 생명을 필요로 합니다. 생명은 자신의 경계 선 위에서만 설 수 없으며, 자신의 생명이 풍성하므로 자신의 중심에서도 살아야만 합니다. 비판과 저항이라는 프로테스 탄트 원리는 필수불가결한 교정 장치이지만, 그 자체만으로 는 건설적인 것이 아닙니다. 저는 동료들의 협조를 얻어 『비 판과 구성으로서의 프로테스탄트 정신』[16]이라는 책에 논문 한 편을 기고했는데, 프로테스탄트 정신의 실현을 주제로 다루었습니다. 제가 처음 큰 규모로 낸 신학 저술물의 제목 『종교실현』[17]도 이런 문제의식 때문에 생겨났습니다. 프로 테스탄트 정신은 성례전적인 것과 예언자적인 것 사이 그리 고 구성적인 것과 교정적인 것 사이의 긴장 한가운데에서 살아야만 합니다. 만일 이런 요소들이 따로따로 분리된다면, 전자(성례전적인 것과 구성적인 것)는 타율적인 것이, 후자(예언 자적인 것과 교정적인 것)는 공허한 것이 되고 맙니다. 제가 보기 에는 상징과 실재로서의 이 양자의 통합은 신약성서의 십자 가에 달린 그리스도상(像)에 나타난 것 같습니다. 이 그리스 도상에서 인간 종교의 최고 가능성이 드러난 동시에 희생되 었습니다.

지난 수년 동안 독일 개신교 안에서 일어난 여러 사건과 기독교 토양 위에 출현한 신(新)이교주의로 말미암아 종교적 자율과 타율의 문제는 다시금 중요해졌습니다. 오늘날 인간 이 사고하고 행동하는데 궁극적 판단 기준이 무엇인가 하는 문제는 초대교회가 로마의 이교주의와 투쟁한 이래 전례 없이 심각해졌습니다. 나치가 모든 인간 피조물을 판단하는 기준으로서의 십자가를 공격했을 때 우리는 십자가의 의미를 새롭게 이해했습니다. 그리하여 타율과 자율의 문제는 인간 실존의 궁극적 판단 기준의 문제가 되었습니다. 자율과 타율의 투쟁 속에서 독일 기독교와 독일 민족 그리고 모든 기독교 국가의 운명이 결정되고 있습니다.

모든 정치조직에는 권위가 필요한데, 무력을 확보하는 수단이라는 측면과 국민이 묵시적으로나 명시적으로 권위에 동의하는 측면에서 그렇습니다. 권위에 동의하는 것은 권력을 쥔 집단이 누구에게나 강력하고도 중대한 이념을 내걸 때에만 가능합니다. 이처럼 정치 영역에는 권위와 사율이 연관되기 마련인데, 제 논문 "대망과 임무 수행으로서의 국가"18는 이 연관성의 특징을 다음과 같이 주장했습니다.

모든 정치구조는 권력을, 결과적으로는 권력 집단을 전제조건으로 삼기 마련이다. 또한 어느 권력 집단이든 다른 이익 집단과 대치하는 일군의 이익집단에 지나지 않기에 항상 적절한 견제를 받아 시정(是正)될 필요가 있다. 민주주의가 정당하고 필요한 이유는 어디까지나 민주주의가 정치 권위의 남용을 바로잡을 수 있는 자체 시스템을 갖추었기 때문이다. 민주주의는 한 권력 집단의 독주를 막을 수 있는 또 다른 권력 집단의 출현을 가로막는 순간 존립할 수 없다. 이런 예는 바이마르 공화국에서 일어났는데, 바이마르 공화국의 독특한 형태의 민주주의는 처음부터 어떤 집단도 권력을 쥐지 못하도록 권력을 독점했다. 그런가 하면 권력 집단의 견제로 권위의 남용을 방지하는 일은 독재 정치체제에서는 할 수 없다. 이렇게 되면 국가 전체가 노예화되고 지배계층이 부패하게 된다.

1차 세계대전이 발발하기 몇 년 전에 제가 첫 번째 정치적 결단을 내린 이후부터 저는 매우 강력한 보수 전통과 맞서 싸울 정도로 정치적으로 좌파 진영에 서 왔습니다. 이전에 종교적 타율에 맞서 싸우다 보니 자유주의 신학으로 기울어졌던 것처럼, 정치적 타율에 저항함으로써 좌파에 가담하게 되었습니다. 그 후에 제가 계속해서 경제 자유주의를 전적으로 비판했다는 사실에도 불구하고, '자유주의 사고'를 도매금으로 깎아내릴 수 없었으며, 이것은 지금도 마찬가지입니다. 저는 저 위대하고 진정으로 인간적인, 자유주의적 자율원칙을 무시하느니, 차라리 '자유주의적'이라고 비난받는 편을

택하겠습니다.

그런데도 해체된 현대 자본주의 대중을 재건하는 일이 우리 시대의 가장 곤란한 정치 문제인 시기에도 정치 권력의 문제는 여전히 절박한 문제로 남았습니다.

제 논문 "전체주의 국가와 교회의 주장"[19]은 이 문제를 최근에 독일 역사에 일어난 사건들과 결부시켜 다루었습니다. 이 논문에서 저는 대중이 일체의 실존적 의미를 박탈당하게 될 때 권위주의적 심연으로 빠져들 수밖에 없다는 점을 강조했습니다.

전쟁 직후에 출간된 『대중과 정신』[20]에서도 저는 이 문제를 고심했습니다. 이 책의 "대중과 인격성"이라는 장(章)은 오로지 전문화된 밀교(密敎) 집단만이 자율적 입장을 쟁취하고자 애써야만 한다고 주장했습니다. 현재 작동하고 있는 역사의 힘(대략 고대 후기의 힘에 필적할 만한)이 밀교적 자율로 퇴행할 것을 요구하는 듯이 보입니다. 진리와 정의를 대대적으로 희생시키지 않고서도 과연 이런 퇴행이 성사될 수 있는가 하는 문제야말로 미래 세대가 고심해야 할 전략상으로 중요한 문제입니다. 이것은 정치적이면서 종교적인 문제가 될 것입니다.

저는 원칙적으로나 사실적으로 자율과 타율의 경계선

위에 서 있고자 굳게 다짐합니다. 다가오는 역사의 시간이 타율의 나락으로 굴러떨어진다고 할지언정, 저는 이 경계선 위에 계속 머물러 있을 생각입니다.

신학과 철학 사이에서

제 삶과 사상을 경계 상황 개념으로 가장 분명히 설명할 수 있는 지점은 신학과 철학 사이의 경계선입니다. 중학교 막바지 무렵 제 꿈은 철학자가 되는 것이었습니다. 한가한 시간 내내 우연히 제 수중에 들어온 철학 서적을 읽었습니다. 한 시골 목사의 먼지투성이 책장 구석에서 슈베글러의 『역사철학』(*Geschichte der Philosophie*)을 발견했고, 베를린 거리의 책을 잔뜩 실은 수레 꼭대기에서 피히테의 『학문론』(*Wissenschaftslehre*)을 구했습니다. 소년처럼 흥분해서 그 당시만 해도 제게 거금이었던 50센트를 치르고 칸트의 『순수 이성 비판』(*The Critique of Pure Reason*)을 책방에서 샀습니다. 이런 책들, 특히 피히테의 책 덕분에 저는 독일 철학의 가장 난해한 면모를 접할 수 있었습니다. 목회 후보생 자격시

험 위원회의 철학 담당 시험관으로 계셨던 아버지와 나눈 토론 덕분에 저는 대학 생활 시초부터 상급 학생들이나 젊은 강사들과 더불어 관념론과 실재론, 자유와 결정론, 신과 세계의 문제를 놓고 지속적으로 토론했습니다.

할레대학에서 철학을 가르치셨고 나중에 취리히대학의 철학 교수가 되신 프리츠 메디쿠스 교수님이 제 철학 선생님이었습니다. 메디쿠스 교수님이 피히테를 연구하심으로 19세기에서 20세기로 넘어가는 전환기에 피히테 철학을 재발견하는 계기가 마련되었는데, 결국 이 때문에 독일 관념론의 대대적인 부흥이 일어났습니다. 제가 셸링의 철학에 영향을 받은 이유는 우연히 그의 책을 싸구려로 산 탓도 있거니와 어느 정도는 그의 철학에 끌렸기 때문입니다. 그리하여 셸링의 전집을 여러 차례 정독했고, 결국 그의 저술을 제 철학박사 학위와 신학에서 최고 학위였던 신학 전문직 학위 논문의 주제로 정했습니다. 신학 전문직 학위 논문은 『셸링의 철학 발전 과정에서의 신비주의와 죄의식』(*Mystik und Schuldbewusstsein in Schellings philosophischer Entwicklung*)이라는 책으로 출판되었습니다.

이 시기에 저는 개신교 신학도 공부했으며, 학업을 마무리 지은 다음에 '구(舊)프로이센연합교회'의 여러 교구에서

부목사로 사역했습니다. 이때 가장 중요한 신학 스승 두 분은 모두 할레대학에 재직하신 마르틴 켈러와 빌헬름 뤼트게어트 교수님이었습니다. 켈러 교수님은 지적 실력으로나 종교 도덕의 감화력으로나 탁월한 분이셨습니다. 교사와 저술가로서의 켈러 교수님의 면모를 이해하는 일은 쉽지 않았습니다. 선생님은 여러 방면에서 19세기의 중재 신학을 대표하는 가장 심오하면서도 단연 현대적 학자셨습니다. 켈러 교수님은 알브레히트 리츨의 사상을 반대하셨으며, 칭의론을 옹호하셨고, 자신의 지적 모태였던 관념론과 인문주의를 비판하셨습니다.

켈러 교수님 덕분에 저는 주로 바울-루터적 칭의론의 전반적 특징을 꿰뚫게 되었습니다. 한편으로 칭의론은 하나님 앞에 선 인간의 모든 의로운 주장을 거부하고, 하나님과 인간을 동일시하는 일체의 시도를 부정합니다. 다른 한편으로 칭의론은 인간이 하나님 앞에서 죄인인데도 의롭게 된다는 역설적 심판 때문에 인간 실존의 소외와 죄책, 절망이 극복된다고 선언합니다. 그리스도께서 십자가에서 돌아가심으로써 하나님이 구체적이고 명시적으로 세상을 심판하셨다며, 그리스도의 십자가를 역사의 사건으로 해석하는 것에 제 기독론과 교리론의 바탕이 있습니다. 이 때문에 제

신학과 칼 바르트의 신학을 연결하는 것은 쉬웠고, 키르케고르와 하이데거가 인간 실존을 분석해놓은 결과를 쉽사리 수용했습니다. 하지만 자유주의 교리론과 제 사상을 화해시키는 것은 어렵기도 했거니와 아예 불가능했습니다. 그 이유는 자유주의 교리론이 십자가에 달리신 그리스도를 역사적 예수로 바꿔치기했을 뿐 아니라 칭의론의 역설을 도덕 범주로 해소시켰기 때문입니다.

제가 자유주의 교리론을 달갑게 여기지 않은 사실에도 불구하고, 저는 자유주의 신학 운동의 역사적 성과물에 대해서만큼은 경의를 표했습니다. 이 문제와 관련해서 저는 곧바로 할레대학의 신학자들과 결별했으며, 바르트주의적 신(新)초자연주의가 지난 200년 동안의 학문적 연구 성과를 무시한 채 종교개혁의 교조주의적 교리를 답습하려 했기에 바르트주의와도 점점 더 거리를 두었습니다. 벨하우젠과 궁켈이 발전시킨 종교사학적 접근법이라는 구약성서를 역사적으로 해석하는 방법이 제 관심을 사로잡았는데, 그 덕분에 저는 기독교와 인류를 이해하는데 구약이 얼마나 중요한가를 알았습니다. 저는 계속해서 구약에 심취했고, '예언자 전통'과 같은 구약이 제 정치 입장에 끼친 영향력 때문에 구약은 제 삶과 사상을 형성하는데 결정적으로 중요했습니다.

제가 신약성서에 관한 역사적 식견을 얻게 된 것은 주로 슈바이처의 『역사적 예수 탐구』(*The Quest of the Historical Jesus*)와 불트만의 『공관복음 전승사』(*The Synoptic Tradition*) 덕분이었습니다. 에른스트 트뢸치의 저술을 읽고 나서 중재 신학과 이 중재 신학의 변증론에 일말의 관심이라도 가졌던 잔재를 말끔히 씻어냈었고, 마침내 교회사와 역사비평 쪽으로 돌아섰습니다. 제가 1911년에 일군(一群)의 신학 동료들에 게 제시한 일련의 제안이 이런 관심의 변화를 보여주는 증거 자료입니다. 저는 만일 역사적 예수가 존재하지 않았다는 사실이 역사적으로 그럴싸하게 된다면 기독교 교리를 어떻게 이해할 것인가를 물었으며, 이 질문에 대한 제 자신의 대답을 모색했습니다. 역사적 예수에 관한 물음과 관련해서, 그 당시 제가 맞닥뜨렸고 지금은 에밀 브루너가 제시하는 일종의 타협안으로 굴러떨어져져서는 안 되고, 지금까지도 저는 이 질문을 철두철미 제기해야만 한다고 믿습니다. 기독교 신앙의 근거는 역사적 예수가 아닌, 성서적 그리스도상(像) 입니다. 인간이 사고하고 행동하는 것을 판단하는 기준은 교회 신앙과 인간 경험에 뿌리박고 있는 그대로의 그리스도 상이어야지, [역사적 예수에 대한] 역사적 연구 조사의 추이나 인위적 조작이 될 수 없습니다. 제가 이런 태도를 보였기에 독일에서 졸지에 과격한 신학자가 되어버렸지만, 정작 미국에서는 바르트주의자로 알려졌습니다. 그러나 바르트적 역설인 칭의의 신비에 동의한다고 해서 바르트주의적 초자연주의에 동의하는 것은 아닙니다. 마찬가지로 자유주의 신학의 역사비판적 성취에 동의한다고 해서 자유주의 교리론에 동의하는 것도 아닙니다.

개인적으로나 전문 신학자로서나 제게 극히 중요했던 칭의사상을 해석해나감으로써 저는 칭의론과 급진적 역사비평을 그럭저럭 화해시켰습니다. 저는 칭의론을 인간 사유영역에 적용했습니다. 인간 행위뿐만 아니라 인간 사유까지도 하나님의 "아니오"(No)라는 심판 아래 서 있습니다. 아무도 사랑을 독점했다고 자부할 수 없듯이, 그 누구도 ―심지어 기독교 신자나 교회까지도― 진리를 독점했다고 자랑할 수 없습니다. 그렇다면 정통주의는 지적 바리새주의에 다름 아닙니다. 의심하는 사람이 의롭다 인정을 받게 되는 것이나 죄인이 의롭다 인정을 받게 되는 것은 다 마찬가지 이치입니다. 계시는 죄의 용서만큼이나 역설적입니다. 계시나 죄의 용서나 모두 다 독점할 수 있는 대상이 아닙니다. 저는 이런 사상을 「칭의와 회의」[21] 그리고 「계시개념」[22]에서 전개해나갔습니다.

이 기본 신학 사상을 제 철학사상 전개와 연관시킬 때 저는 셸링의 저술, 특히 그의 후기 사상에 톡톡히 신세를 졌습니다. 제가 믿기에는 셸링이 기독교 교리를 철학적으로 해석한 덕분에 신학과 철학이 통합될 수 있는 길이 열렸습니다. 헤겔의 인본주의적 본질 철학에 배치된 셸링의 기독교적 실존 철학의 전개는 그가 역사를 구속사(Heilsgeschichte)로 해석한 것과 더불어 같은 방향으로 나아갔습니다. 독일의 그 어떤 관념론자들에게서 보다 셸링에게서 더 많은 "신율 철학"을 발견한 사실을 저는 지금까지도 시인합니다. 하지만 셸링조차도 신학과 철학의 통합을 이루어내지 못했습니다. 1차 세계대전은 관념론 사상 전체에 재앙이었습니다. 셸링의 관념 철학 역시 이 재앙 때문에 타격을 입었습니다. 그가 직시한 신학과 철학의 간격은 이내 은폐되었다가 되살아났습니다. 4년에 걸친 1차 대전을 겪으면서 저와 우리 세대 전체에 인간 실존의 무시할 수 없는 하나의 심연(abyss/나락)이 드러났습니다. 신학과 철학을 재통합하려면, 이 심연에 대한 우리의 인생 체험을 제대로 논할 수 있도록 신학과 철학을 종합할 필요가 있습니다. 이처럼 신학과 철학을 통합시키려는 시도가 제 종교철학이었습니다. 제 종교철학은 신학과 철학 사이의 경계선 위에 의도적으로 머물렀으며, 신학이나 철학 어느 것 하나라도 잃지 않으려고 무던히 애썼습니다. 제 종교철학은 심연 체험을 철학적 개념으로 표현하고, 철학의 한계를 긋는 것으로서의 칭의 개념을 설명하려고 했습니다. 제가 베를린의 칸트학회에서 했던 강연 "종교철학에서 종교개념의 극복"[23]은 벌써 제목에서부터 이런 역설을 반영합니다.

그러나 종교철학의 꼴을 만드는 것은 종교 현실뿐만 아니라 철학 개념이기도 합니다. 그렇다면 저 자신의 철학 입장은 신(新)칸트주의와 가치철학, 현상학을 비판하고 이들과 대화하면서 발전해 나갔습니다. 저는 이 세 철학이 모두 실증주의를 거부한 점에 공감했는데, 특히 종교철학 안에 심리학적으로 위장한 실증주의를 거부했습니다. 심리주의를 강력히 거부한 후설의 『논리연구』(Logische Untersuchungen)는 제가 칸트와 피히테에게서 배운 것을 뒷받침해주었습니다. 그러나 저는 그 세 철학 입장 어느 편에도 설 수 없었습니다. 신칸트주의 철학은 범(汎)논리주의적 경향성 때문에 인간의 심연 체험과 역설을 파악하지 못했습니다. 가치철학 역시 신칸트주의적인 데다가 종교를 가치영역으로 이해함으로써 심연 체험에 수반되는 초월 가치와 모순을 일으켰기 때문에 저는 가치철학도 거부했습니다. 현상학의 경우에는 역동설적 요소가 빠진 데다가, 현상학을 주창하는 이들 대부분의 생애에서 볼 수 있듯이 가톨릭 보수주의를 조장하는 경향이 있습니다.

서른 살이 되어서야 읽기 시작한 니체는 제게 이루 말할 수 없는 감명을 주었습니다. 니체의 활력론은 신칸트주의나 가치철학, 현상학보다 훨씬 더 분명히 심연 체험을 표출합니다. 전시에 겪은 죽음과 기아 체험에 대한 반작용으로 전쟁이 끝난 후에 열광적으로 실존을 긍정하는 일이 널리 유행했으므로, 니체의 생의 긍정은 굉장히 매력적으로 다가왔습니다. 니체의 철학이 적어도 어느 선까지는 셸링의 사상에 역사적 뿌리를 두고 있기에 저는 거리낌 없이 니체의 철학을 받아들였습니다. 저는 유대교적이고 가톨릭적 주제 대신에 이교적 요소를 통합해서, 니체의 철학 노선을 따라 제 철학을 발전시킬 뻔했습니다. 하지만 1918년 돌발한 독일혁명을 겪고 난 뒤에 사회학적 기초 위에다가 정치적으로 기울어진 역사철학 쪽으로 단호히 돌아서 버렸습니다. 제가 트뢸치를 연구하면서 이런 방향 전환의 길이 나타났습니다. 저는 트뢸치가 베를린에서 처음으로 역사철학에 관해서 했던 강연에서 헤겔이 서거한 후 베를린대학에서 이 주제를 철학적으로 다룬 사람은 자신이 처음이라고 주장한 사실을 생생하게 기억합니다. 하지만 우리가 트뢸치의 역사철학에 걸려 있는 문제 대부분에 동의했지만, 저는 그의 관념론적 출발점만큼은 받아들일 수 없었습니다. 트뢸치는 관념론 때문에 그가 역사주의로 명명하며 반대한 것을 극복하지 못했습니다. 근본적으로 역사적 결단을 내리도록 강요당한 세대만이 역사주의를 극복할 수 있었습니다. 역사에 정면으로 맞서야 할 필연성—기독교 역설에 근거한 동시에 기독교 역설에 제한을 받는 요구—을 고려한 나머지, 저는 종교사회주의 철학이 될 수도 있는 역사철학을 추구하려고 했습니다.

신학과 철학 사이의 경계선 위에 서 있는 사람이라면 누구나 다 양자의 논리적 관계성에 대한 명징한 개념부터 모색해야만 합니다. 제 『학문체계』24가 이 작업을 했습니다. 이 책의 궁극적 관심은 다음과 같은 질문이었습니다. 어떻게 하면 신학이 과학성(Wissenschaft)이라는 의미에서 하나의 학문이 될 수 있는가? 어떻게 신학의 여러 분과목들이 다른 학문과 연결되는가? 다른 학문과 구별되는 신학 특유의 방법은 무엇인가?

저는 모든 방법론적 학과목을 사유에 관한 학문, 존재에 관한 학문, 문화에 관한 학문으로 각각 분류함으로써 이 질문에 답하고자 했습니다. 다시 말해 의미철학이 모든 학문체계의 기초라는 사실(사유에 관한 학문)을 주장함으로써, 형이상학을 합리적 상징으로 무조건자(the Unconditioned / 神)를 표현하려는 시도(존재에 관한 학문)로 정의함으로써 그리고 신학을 신율적 형이상학(문화에 관한 학문)으로 정의함으로써 대답을 찾고자 했습니다. 이렇게 해서 저는 인간 지식의 총체성 안에서 신학 나름의 고유한 위치를 확보하고자 했습니다. 이 분석 방법이 성공을 거두려면 먼저 지식의 신율적 특성 자체를 인정해야만 합니다. 다시 말해 인간의 사유 자체가 의미의 근거이자 심연으로서의 절대자에 뿌리박고 있다는 사실을 이해해야만 합니다. 신학은 모든 지식의 암묵적 전제가 되는 것을 자신의 명시적 대상으로 삼습니다. 이처럼 신학과 철학이 서로 포용하고, 종교와 지식이 서로 포용합니다. 경계선의 입장에 비추어 볼 때, 이처럼 양자가 서로를 밀어내지 않고 껴안는다는 사실이야말로 철학과 신학, 종교와 지식 사이의 진정한 관계성을 보여줍니다.

실존철학이 독일에 처음 소개되었을 때, 저는 신학과 철학의 관계를 새롭게 이해했습니다. 특히 하이데거의 마르부르크 강연과 『존재와 시간』(*Sein und Zeit*)의 출간 그리고 그의 칸트 해석이 중요했습니다. 실존철학을 지지하는 이들에게나 반대하는 이들에게나 하이데거의 저서는 후설의 『논리연구』가 나타난 이래 가장 중요합니다.

저는 세 가지 요인 때문에 실존철학을 받아들였습니다.

첫째 요인은 헤겔의 본질철학에 대응해 실존철학의 개요를 제시한 셸링 철학의 말기에 대해서 제가 소상히 알고 있었다는 사실입니다. 둘째 요인은 실존철학을 사실상 창시한 키르케고르에 대해서—비록 제한적 지식일망정— 제가 알고 있었다는 사실입니다. 셋째 요인은 제가 니체의 '생의 철학'에 심취했다는 사실입니다. 이 세 요소는 하이데거에게도 그대로 존재합니다. 세 요인이 아우구스티누스주의의 색채를 띤 일종의 신비주의로 하이데거 안에 융합되었기에 저는 하이데거의 철학에 매료되었습니다. 하이데거 철학의 용어 다수는 독일 경건주의의 설교 문헌에서 발견됩니다. 하이데거의 인간 실존 해석은—그가 의도한 것이 아닐망정— 인간의 자유와 한계에 관한 하나의 인간론을 다룬 것입니다. 하이데거의 인간 실존 해석은 기독교적 인간 실존 해석과 직결되었기 때문에, 하이데거가 명백한 무신론자였음에도 불구하고 그의 철학을 '신율철학'으로 부를 수밖에 없습니다. 의심할 나위 없이, 하이데거의 실존철학은 인간의 한계에 관한 물음에 신학적 대답을 전제한 뒤에 이 대답을 철학 용어로 설명하는 식의 철학은 아닙니다. 그런 형태의 철학은 관념철학의 변종(變種)이 되고 말 것이며, 실존철학에 배치될 것입니다. 실존철학은 그 대답이 신학할 때 이미 신앙에 주어진 질문을 새롭고 철저히 묻습니다.

저는 이런 생각을 예일대학의 강연에서 전개했는데, 그 결과 제가 이전에 종교철학에서 시도한 것보다 훨씬 더 신학과 철학을 분리하는 쪽으로 나갔습니다. 그런데도 저는 신학과 철학의 상관성을 부인한 적이 한 번도 없었습니다.

학자로서의 이력으로 볼 때에도 저는 신학과 철학 사이의 경계선 위를 걸어왔습니다.

저는 브레슬라우대학에서 철학박사 학위를 받았고, 할레대학에서 신학 전문직 학위와 나중에 신학박사(honoris causa/명예박사) 학위까지 취득했습니다. 그 뒤에 저는 베를린대학에서 신학 강사로, 드레세덴대학에서 종교학 교수로, 라이프치히대학에서 명예 신학 교수로, 프랑크푸르트암마인대학에서 철학 정교수(Professor Ordinarius)로, 뉴욕 유니언신학대학에서 철학적 신학 초빙교수로 각각 봉직했습니다. 제가 재직했던 대학은 거듭해서 바뀌었지만, 제 전공은 바뀌지 않았습니다! 저는 신학자이면서 철학자로 남아있고자 했고, 철학자이면서 신학자로 남아있으려고 했습니다.

경계선 위에 서기를 포기하고 신학이나 철학 어느 한쪽만 선택하는 것이 더 쉬웠을지도 모릅니다. 그러나 경계선을 내팽개치는 일이 제게는 내적으로 불가능했습니다. 경계선

에 서려는 제 내적 성향과 외부에서 주어진 기회가 잘 맞아떨
어진 것은 다행이었습니다.

교회와 사회 사이에서

~~~~~~~~

　　제가 교회의 교리와 관습을 자주 비판해온 것은 사실이지만, 교회는 언제나 제 보금자리로 남아있었습니다. 이것은 특히 신(新)이교주의의 망령이 교회 안으로 쳐들어왔고 정치종교적으로 제 보금자리인 교회를 잃을지도 모른다는 두려움이 엄습했을 때 더더욱 뚜렷해졌습니다. 이 위기의식 때문에 저는 교회에 속해 있다는 소속감을 느꼈습니다. 이런 소속감은 제 유년 시절의 체험, 즉 개신교 목사 집안이라는 기독교 영향과 19세기가 저물어 갈 무렵 동독의 소도시에서 비교적 잘 이어져 온 종교 관습을 몸소 겪었기 때문에 생겨났습니다. 제가 교회 건물과 그 건물이 뿜어내는 영묘한 분위기를 사랑했고, 예전과 음악, 설교를 사랑했으며, 여러 날 동안, 아니 한 해의 여러 주에 걸쳐 마을 사람들의 삶을 지배했던 멋진 기독교 축제를 사랑했던 것은, 교회적인 것과 성례전적인 것에 대해서 지울 수 없이 강렬한 인상을 남겼습니다. 기독교 교리의 신비성과 이 신비성이 한 어린아이의 내면에 가한 충격, 성서 언어, 성스러움과 죄의식, 용서에 대한 아슬아슬한 체험도 여기에다가 덧붙여야만 합니다. 이 모든 체험은 제가 신학자가 된 뒤에도 계속 그 길을 걷고자 결심한 뚜렷한 요인이 되었습니다. 목사 안수, 목회 활동, 대학으로 직장을 옮긴 다음에도 오랫동안 지속된 설교와 예전에 대한 관심은 모두 제가 교회에 속해 있다는 자각에서 비롯되었습니다.

그러나 여기에서도 저는 경계선 위에 있었습니다. 제가 점점 더 교회의 교리와 제도를 비판하게 되자 교회로부터 소외되었다는 느낌이 들기 시작했습니다. 이렇게 된 것은 결정적으로 교회 외곽에 있는 지식인들과 무산노동자 계급을 만나면서부터였습니다. 저는 신학 공부를 마친 후에 다소 늦게 교회밖에 있는 지식인들과 교류했습니다. 이 외부 인사들을 만났을 때 저는 교회도 사회도 아닌 접경적 입장에 서서 호교론적(apologetic/변증론적) 태도를 취했습니다. 호교론적이라는 말은 반대자 앞에서 공동의 판단 기준으로 자신을 방어한다는 뜻입니다. 고대 교회의 호교론자들이 이교도의 공격에 맞서 자신을 변호했을 때 쌍방이 공동으로 인정했던 판단 기준은 이론적이고 실제적 이성인 로고스였습니다. 호교론자들은 그리스도와 로고스를 동일시했는가 하면, 하나님의 명령을 합리적 자연법칙과 동일시했기 때문에, 이교도 적수들 앞에서 기독교 교리와 관습을 변호할 수 있었습니다. 우리 시대에 들어와 호교론은 기존의 지적이고 도덕적 입장을 반대해서 하나의 새 원리를 내세우는 것이 아닙니다. 새로이 부상한 경쟁자의 입장에 맞서서 기독교 원리를 방어해내는 것입니다. 고대의 호교론이나 현대의 호교론을 불문하고 호교론에서 결정적으로 중요한 문제는 공동의 판단 기준, 즉 양자 간의 분쟁을 해결할 수 있는 공정한 재판정(裁判廷)을 확보할 수 있느냐는 것입니다.

이런 공동의 판단 기준을 찾아 나서는 과정에서 저는 계몽주의에 근거한 현대 사상의 추세가 제도 교회를 자못 비판했음에도 불구하고 다분히 기독교적이라는 사실을 발견했습니다. 현대사상의 추세는 흔히 생각하듯이 이교적인 것만은 아닙니다. 특히 겉보기에 민족주의를 걸쳐 입은 것처럼 보이는 이교주의는 기독교 인본주의가 완전히 해체됨에 따라 1차 대전 후 처음 등장했습니다. 이런 유의 이교주의에 직면해서도 호교론 따위는 존재하지 않습니다. 생존이냐 사멸이냐가 유일한 관건입니다. 이것은 예언자적 유일신론이 악마적 다신론에 대항해서 싸워왔던 동일한 투쟁입니다. 고대에 호교론이 가능했던 이유는 오로지 다신론이 인본주의로 채워져 있는 데다가, 기독교와 고대 사회가 이 인본주의를 재량껏 공동의 판단 기준으로 삼을 수 있었기 때문입니다. 그러나 고대 호교론의 본질이 이교적이었던 인본주의와 맞닥뜨렸다는 사실에 있다면, 현대 호교론의 특징은 그 본질이 기독교 인본주의와 마주쳤다는 사실에 있습니다. 저는 이 문제를 "레싱과 인류교육의 이념"[25]에서 취급했습니다. 저는 이 논문의 정신에 따라 베를린의 사저 곳곳에 머물면서 호교론에 대해서 강연도 했고 토론도 했습니다. 이 모임에서 나온 결과는 개신교 복음주의 교회의 지도부에 제출한 보고서로 요약되었습니다. 이렇게 해서 나중에 국내 선교의 호교론 위원회가 설립되기도 했습니다.

저는 전쟁이 끝난 후에 비로소 기독교 인본주의의 현실과 본질을 절실히 깨닫게 되었습니다. 노동운동, 이른바 탈(脫)기독교적 대중운동과 만났을 때, 저는 이런 탈기독교적 대중 노동운동에도 하나의 인본주의 체제로 기독교의 본질이 숨어 있다는 사실을 분명히 알았습니다. 물론 이런 인본주의는 오랫동안 예술이나 과학이 불신한 물질 철학처럼 보였지만 말입니다. 지식인 계급보다는 대중에게 호교론적 메시지를

던지는 일이 훨씬 더 긴요했지만, 더 어려웠습니다. 그 이유
는 계급 적대감 때문에 대중의 반(反)종교성이 더 극심해졌기
때문입니다. 교회가 계급투쟁을 도외시한 상태에서 호교론
메시지를 작성하는 것은 애초부터 완전히 실패할 수밖에
없었습니다. 그렇다면 이 상황에서 기독교를 변호하려면 계
급투쟁에 적극적으로 뛰어들 도리밖에 없었습니다. 그러므
로 종교사회주의만이 무산계급의 대중에게 호교론 메시지
를 전달할 수 있었습니다. 노동계급의 대중에게는 그들 안으
로 들어가 '내부 선교'를 하는 것이 아닌, 종교사회주의 형식
으로 기독교 활동을 하고 기독교적으로 호교론을 펼칠 수밖
에 없습니다. 종교사회주의에 담긴 호교론 요소는 종교사회
주의의 성치적 측면 때문에 자주 흐리터분해진 까닭에 교회
는 자신의 활동에 종교사회주의가 간접적으로 중요하다는
사실을 납득하지 못했습니다. 정작 사회주의자들이 이 사실
을 훨씬 더 잘 이해했는데, 이들은 종교사회주의 때문에 대중
이 교회의 영향권 아래로 들어가 사회주의 정부를 수립하려
는 자신들의 투쟁이 실패할지도 모른다는 우려를 제게 자주
토로했습니다.

　교회 역시 종교사회주의를 배격하기는 마찬가지였는데,
종교사회주의 운동을 하려면 교회의 사고와 실천에 관련된

전통 상징과 개념을 아예 폐기해버리거나, 아니면 설령 그런 상징과 개념을 사용하더라도 어느 정도의 준비 작업을 한 뒤에 그렇게 해야 한다는 우려가 있었기 때문입니다. 상징과 개념을 아무 의식 없이 마구잡이로 사용했다면, 무산계급은 저절로 그 상징과 개념을 거부하고 말았을 것입니다. 그러므로 종교사회주의는 노동운동에 함축된 기독교 인본주의가 교회의 성례전 형식에 함축된 완전히 이질적 인본주의와 내용상 동일한 것임을 보여주어야만 했습니다. 수많은 젊은 신학자들이 기독교 인본주의를 이런 식으로 이해했습니다. 그들은 그 어떤 교회 성직자가 그 어떤 방법을 쓴다고 해도 닿을 수 없었던 사람들에게 노골적으로 종교적 감화를 끼치고자, 특히 사회봉사 영역의 비(非)기독교적 입장을 기꺼이 수용했습니다. 하지만 안타깝게도 이런 기회를 잡은 신학자들은 소수에 불과했습니다. '교회와 인본주의 사회' 그리고 '교회와 무산노동자 계급'과 같은 문제는 바르트 학파에 속한 젊은 신학자들에게 별로 인기가 없었기 때문에, 교회가 이 양자 사이의 간격을 메우지 못했습니다. 결국 해체된 인본주의 사회는 신(新)이교 시대 풍조의 대대적인 희생물이 되고 말았습니다. 교회는 어쩔 수 없이 이런 시대 풍조에 맞서 싸워야 했지만, 그럴수록 더더욱 반(反)인본주의 집단처럼 비춰졌습니다. 무산계급은 종교적으로 소극적 상태로 되돌아갔습니다. 지식인 계급은 교회가 민족주의적 이교주의에 대항해 싸운 것을 높이 평가했지만, 그렇다고 해서 교회로 끌리지는 않았습니다. 교회가 수호했던 교조(敎條)가 지식인들에게는 먹혀들지 않았고, 먹혀들 수도 없었기 때문입니다. 지식인 집단에 다가서기 위해서 교회는 비(非)교회적 인본주의자도 알아들을 수 있는 언어로 복음을 선포해야만 했습니다. 교회는 지식인이나 무산대중을 막론하고 복음이 이들에게 절대적으로 적합하다는 사실을 확신하게끔 해야만 했습니다. 그러나 이 확신은 고백주의 신학에서 사용하는 신랄한 반(反)인본주의적 역설 때문에 지식인이나 무산대중에게 전달될 수 없었습니다. 그러므로 이 역설을 낳게 한 현실부터 먼저 해명해야만 합니다. 그러나 브루너나 고가르텐과 같은 고백주의 신학자들은 이런 해명을 시도하지 않습니다. 이들은 인본주의를 부정함으로써 도리어 인본주의에 얹혀사는 형국인데, 이들이 기술하는 기독교 선포의 실증내용은 이들이 반대하는 것을 사용하는 동시에 부정하는 것으로 이루어지기 때문입니다.

기독교 복음의 언어 문제가 진지하게 거론될 때마다 중대한 문제가 제기되는데, 이것은 『신작품 동아리』(Neu- werkkreis)나 제 옛 친구이자 투쟁 동지였던 헤르만 샤프트가 편집한 동명(同名)의 잡지에서 제기되었습니다. 성서 본래의 종교 언어나 고대 교회의 예전이 대체 불가능하다는 사실은 명백합니다. 언젠가 마르틴 부버가 저에게 말했듯이, 인류는 종교적으로 원형(原型)의 언어를 갖고 있습니다. 하지만 이 원형 언어는 우리가 사유를 객관화시키고 세계를 과학적으로 개념화하기 때문에 그 원초적 힘을 박탈당하고 말았습니다. '하나님'이라는 원형 언어의 의미 앞에서 합리적 비판은 무기력합니다. 그런데도 무신론은 문자주의 사고 속에 갇힌, '객관적으로' 존재하는 하나님을 수정할 수 있는 하나의 대응책이 됩니다. 어떤 화자(話者)가 어떤 종교를 그 본래의 상징의 미로 쓰고 있음에도 청자(聽者)가 그 말을 현대의 과학 의미로 받아들일 때 상황은 절망스럽습니다. 이런 이유로 교회에 자극을 줄 요량으로 저는 교회가 사용하고 있는 일체의 원형 언어에 30년 동안의 정지령(停止令/moratorium)을 내릴 것을 제안한 적이 있습니다. 이것이 가능하다면—몇몇 경우에서 그랬듯이— 교회는 새로운 용어를 개발하지 않으면 안 될 것입니다. 그러나 케케묵은 고대의 예전이나 성서 언어를 현대에 맞는 용어로 번역하려는 시도는 지금까지 무참히 실패하고 말았습니다. 새로이 번역된 언어는 새로운 창조는

커녕, 아예 의미 자체를 고갈시키고 말았던 것입니다. 신비주의 용어를, 특히 설교에서 사용하는 일조차도—제가 가끔 그랬듯이— 위험합니다. 이 언어는 본래 의미와는 다른 내용을 전달하며, 그 내용은 기독교 복음의 모든 내용을 다 담기에는 역부족입니다. 그렇다면 원형의 종교 언어를 사용하되, 이와 동시에 이 용어를 왜곡해서 사용하지 않고 이 용어의 원초적 의미를 명료하게 밝히는 일만이 유일한 해결책이 될 것입니다. 우리가 본래의 원형 언어를 되살리려면 고대 언어와 현대 언어의 경계선 위에 서야만 합니다. 현대사회의 위기 때문에 많은 사람이 종교 언어의 본래 의미를 다시금 들을 수 있는 이같은 경계선 위로 내몰리고 있습니다. 만일 오만하기 짝이 없는 맹목적 정통주의가 종교 언어를 모조리 독점한 나머지 종교 현실에 민감한 사람들에게 어떤 현대 이교주의에 빠져들게 하거나, 결과적으로 아예 교회를 떠나게 만들어서 겁박하는 경우가 생긴다면, 통탄할 만한 일이 아닐 수 없습니다.

저는 "교회와 인본주의 사회"[26]에서 교회와 사회 문제에 자극을 받아 '명시적 교회'와 '잠재적 교회'를 구별했습니다. 이것은 개신교회가 오래전에 보이는 교회와 보이지 않는 교회로 구별한 것과 달리, 보이는 교회 안에서의 양면성을 다룬 것이었습니다. 이 논문에서 제안되었던 이런 유의 구별은 교회 바깥에 존재하는 기독교 인본주의를 고려하기 위해서라도 필요한 듯이 보입니다. 조직화된 교단이나 전통 신조(信條)로부터 멀어진 사람들을 "교회에 들지 않은 사람들"로 지칭하는 것은 용납될 수 없습니다. 저는 한 세대의 절반 동안 이런 부류에 섞여 살면서 이들 가운데 잠복한 교회가 얼마나 많은지를 배웠습니다. 저는 이들도 인간 실존의 유한성을 체험하고, 영원하고 무조건적인 것을 추구하고, 정의와 사랑을 위해 절대적으로 헌신하며, 여하한 유토피아도 넘어서 있는 희망을 간직하고, 기독교 가치를 존중하며, 교회와 국가를 해석할 때 기독교를 이데올로기적으로 오용할 수도 있다는 사실에 매우 민감하다는 사실을 알았습니다. 제가 이 부류의 사람들에게 발견했던 것을 지칭한 '잠재적 교회'가 ―이 교회에 속한 사람들이 진리를 독점했다고 우쭐대지만 않는다면― 조직화된 교단에 속한 교회보다 외려 더 참다운 교회일 수도 있다는 생각이 자주 들었습니다. 그런데도 지난 몇 년 동안은 조직화된 교회만이 기독교를 공격하는 이교도에 맞서 지속적으로 싸울 수 있다는 사실이 입증되었습니다. 잠복한 교회에는 이런 투쟁을 위해 꼭 필요한 종교적 무기나 조직화된 무기가 없습니다. 그러나 명시적 교회가 내부에서

이런 무기를 휘두를 때 교회와 사회 사이의 간격을 심화시키
는 위협이 된다는 것 또한 진실입니다. 그렇다면 잠복한 교회
는 우리 시대의 무수한 개신교인들이 운명적으로 서 있어야
할 경계선 개념입니다.

종교와 문화 사이에서

⌒⌒⌒∽⊱⊰∽⌒⌒⌒

어떤 사람이 라벤나(Ravenna, 이탈리아 북동부에 있는 비잔틴
제국 시대의 주요 도시, 역자 주)의 모자이크나 로마의 시스티나
성당의 천장화, 혹은 렘브란트가 말년에 그린 초상화에 깊은
감명을 받았다면, 자신의 체험이 종교체험인지 문화 체험인
지의 질문에 대답하기가 곤란할 것입니다. 자신의 체험이
형식은 문화적이고, 내용은 종교적이라고 대답하는 것이 옳
을 것입니다. 그 체험은 어떤 특수한 제의(祭儀/ritual) 행위에
결부되지 않는다는 점에서 문화적입니다. 하지만 절대자에
관해서 묻고 인간 실존의 한계를 건드린다는 점에서는 종교
적입니다. 이것은 미술뿐만 아니라 음악, 시, 철학과 과학에
서도 마찬가지입니다. 이런 직관 그리고 세계를 이해할 때
진리인 것은 무엇이든지 법과 관습을 실제로 만드는 일, 도덕,

교육, 공동체, 국가에서도 언제나 진리일 것입니다. 인간 실존이 궁극적 질문을 벗어나지 못해 초월 당하는 곳마다 그리고 그 자체로는 조건적 의미만 있는 작품이지만 그 속에 무조건적 의미가 엿보이기 시작하는 곳이라면 그 어디에서든지 문화는 종교적입니다. 문화에 내용상으로 종교의 특성이 있다는 사실을 체험하면서 저는 종교와 문화 사이의 경계선으로 나아갔고, 이 경계선을 떠난 적이 한 번도 없습니다. 제 종교철학은 주로 이 경계선의 이론적 측면에 관심을 기울입니다.

종교와 문화 사이의 관계는 종교와 문화 경계 양측면 모두의 관점에서 정의되어야만 합니다. 종교는 절대적인 것을 포기할 수 없기에 신(神) 개념에 나타난 보편적 주장 역시 포기할 수 없습니다. 종교는 문화 내부의 한 특수영역이 될 수 없으며, 문화 옆에서 하나의 부수적(附隨的) 자리를 차지할 수도 없습니다. 자유주의는 이 둘 중에 어느 한 가지 방식으로 종교를 해석해 왔던 경향이 있습니다. 둘 중에 어떤 해석을 하든지 간에 종교는 불필요한 것이 되고, 종교 없이도 문화구조가 완전하고 자기충족적인 것이 되기에 종교는 결국 소멸할 수밖에 없습니다. 하지만 문화가 종교를 좌지우지할 권리를 갖기 때문에 문화 자신의 자율성이 ─결국 문화 자체를 포기하지 않는 한─ 포기될 수 없다는 사실 또한 진리입니다. 문화는 형식을 결정지어야만 하는데, 이 문화 형식으로 종교의 '절대성' 내용을 비롯한 모든 내용이 표현됩니다. 문화는 종교적 절대자의 이름으로 진리와 정의가 희생되도록 내버려 둘 수 없습니다. 종교가 문화의 내용이듯이, 문화는 종교의 형식입니다. 양자의 차이점을 굳이 한 가지만 지적한다면 종교는 내용 지향적이라는 사실에 있는데, 종교의 내용 지향성이야말로 의미의 무조건적(무제약적) 원천이자 심연입니다. 그리고 문화형식은 이 종교 내용의 상징 구실을 합니다. 문화는 형식 지향적인데, 조건적(제약적) 의미를 표현합니다. 무조건적 의미를 표현하는 종교 내용은 문화가 부여하는 자율형식이라는 매체로 간접적으로만 간파될 수 있습니다. 인간 실존이 완전하고 자율적 형식 체계(틀)로 자신의 유한성 안에서 무한성을 추구하는 것으로 파악되는 곳에서 문화는 극치에 이릅니다. 역으로 극치에 도달한 종교는 고대 교회가 로고스로 불렀던 자율 형식을 자체 안에 포함하고 있어야만 합니다.

종교와 문화에 관한 제 철학의 기본원리가 이 생각에서 나왔으며, 이 생각 때문에 종교적 관점에서 문화사를 논할 수 있는 하나의 체계(틀)가 마련되었습니다. 그런 까닭에 제 책『종교상황』27은 아주 최근에 일어난 지성 운동과 사회 운동 전반을 폭넓게 다루었지만, 좁은 의미에서의 종교 질문과 관련해서는 지면을 적게 할애했습니다. 저는 이런 접근법이야말로 현재의 실제 종교 상황에 부합된다고 확신합니다. 정치 사회적 관심에 종교 에너지를 너무 많이 빼앗긴 나머지 수많은 유럽인과 미국인은 종교 이상과 정치 이상을 동일시할 지경에 이르렀습니다. 다방면에 걸쳐서 국가라는 신화와 사회정의라는 신화가 기독교 교리를 대체하고 있으며, 이 신화가 문화형식으로 등장했는데도 오로지 종교적인 것으로만 여겨지는 효과가 나타났습니다. 제 강연 "문화신학의 개념에 관하여"28에서 대충 신학적으로 문화 분석을 시도했던 것은 최근 역사의 흐름을 참작한 결과입니다.

개신교 정신과 세속주의의 관계를 다룬 논문에서 저는 이런 신학적 성찰의 결과를 설명했습니다. 이 논문에서 저는 개신교 정신의 주관심이 있다면, 그것은 '세속적인 것'을 향한 관심일 것이라고 주장했습니다. 이 생각은 가톨릭교회가 성스러운 것과 세속적인 것을 이원론적으로 분리하는 것을 원칙적으로 거부합니다. 무한자(무제약자, 기독교 전통 용어로는 하나님의 위엄)가 현존하는 마당에 '우선권의 영역(preferred sphere)'이란 없습니다. 그 어떤 사람도, 성서도, 공동체도,

제도도, 행위도 그 자체가 스스로 거룩하지 않으며 속되지도 않습니다. 세속적인 것도 거룩성을 주장할 수 있으며, 거룩한 것은 여전히 속된 것이기도 합니다. 성직자는 한 사람의 평신도이며, 평신도 역시 어느 때나 성직자가 될 수 있습니다. 이 사실이 제게는 하나의 신학 원리일 뿐 아니라 개인적으로나 직업적으로 계속 고수해왔던 입장이기도 합니다. 목사이자 신학자인 저는 인간 실존의 한계에 대해서 말하고자 했던 한 사람의 평신도이자 철학자일 수밖에 없습니다. 또한 제가 신학자라는 사실 역시 추호도 감추고 싶지 않습니다. 정반대로 저는 신학자라는 사실에 자부심을 느꼈는데, 예컨대 제가 철학 교수로 있었을 때 신학자라는 사실을 쉽사리 감출 수도 있는 처지에서 그랬습니다. 그렇지만 저는 세속적인 삶에서 분리되어 '종교적'이라는 꼬리표를 달게 할, 그런 신학 성향을 품고 싶지는 않았습니다. 종교가 세속적인 것의 안쪽에서 벗어나서 이 세속적인 것을 무너뜨리고 변혁시킨다면, 종교의 무조건적(무제약적) 특성이 훨씬 더 명백해질 것입니다. 마찬가지로 어떤 제도나 인물이 그 자체만으로 종교적인 것으로 간주될 때 종교적인 것의 역동적 차원을 저버리게 된다고 저는 믿습니다. 한 사람이 성직자가 되고자 직업상 신앙을 가져야만 한다고 생각하는 것은 신성모독에 가깝습니다.

　　이런 확신으로 저는 독일 교회의 의식(儀式)을 개혁하려는 작업에 대응했습니다. 저는 빌헬름 슈탤린과 카를 리터가 주도한 이른바 베르노이헨운동(Bernuechener Bewegung, 1920년대에 독일에서 일어난 루터교회 성례전 개혁 운동. 1차 대전 후 자유주의 신학적 잔재를 청산하고 신앙 생활에 활력을 불어넣기 위해 성서 읽기와 매일의 성만찬 집전 등을 강조했다. 역자 주)에 가담했습니다. 이 운동단체는 그 어떤 개혁단체보다 훨씬 더 엄격한 개혁을 촉구했는데, 의식개혁의 문제에만 그치지 않았습니다. 이들은 제일 먼저 개혁을 위한 신학 기초부터 명확히 정의하려고 했습니다. 이렇게 해서 저는 신학적으로 유익한 협조를 할 기회를 얻었습니다. 의식 행위와 의식 형식, 의식에 임하는 태도는 이들이 본래 의도했던 것, 즉 우리의 전 실존을 지탱하고 있는 종교 내용이 독특한 방식으로 표현되는 상징 형식으로 이해되는 한, '세속적인 것에 대한 열정'과 배치되지 않습니다. 하나의 의식이나 예전 행위의 의미는 이 의식이나 예전 행위 그 자체가 거룩하다는 것에 있지 않고, 이 행위가 오직 유일하게 거룩할 뿐 아니라 만물 안에 있으면서도 동시에 만물 안에 있지 않은 무조건자(무제약자/神)를 지시하는 하나의 상징이라는 사실에 있습니다.

　　베르노이헨운동 단체의 총회에서 행한 "자연과 성례

전"[29]이라는 강연에서 저는 개신교와 인본주의의 비(非)성례
전적이고 이지적 사유방식과 중세 말에 소멸된 성례전적
사유방식의 본래적 의미 사이의 차이점을 설명하고자 했습
니다. 개신교에서 이 작업은 어렵지만 필요한 일입니다. 거룩
한 것을 성례전적으로 표현하지 않고 설 수 있는 교회는 없습
니다. 저는 이 확신 때문에 베르노이헨운동에 뛰어들었습니
다. 하지만 이 운동 당사자들이 세속적인 것과 성스러운 것
사이의 경계선이라는 우리의 공동 관심사를 저버리고 예전
형식(흔히 케케묵은)에만 몰두하게 되었을 때, 저는 더는 이들
과 함께 할 수 없었습니다. 여기에서도 다시금 저는 경계선
위에 서 있어야만 한다고 확신합니다.

루터주의와 사회주의 사이에서

칼뱅주의, 특히 좀 더 세속화된 형태의 후기 칼뱅주의에서 사회주의로 이동하기는 비교적 쉽습니다. 그러나 루터주의를 거쳐서 사회주의로 가는 길은 굉장히 어렵습니다. 태어날 때부터 저는 루터교인이었으며, 교육이나 종교체험, 신학적 성찰도 모두 루터교적으로 했습니다. 저는 루터주의와 칼뱅주의의 경계선 위에 선 적이 한 번도 없었는데, 심지어 제가 루터교 사회윤리의 처참한 결과를 체험하고 나서 사회문제를 해결할 때 칼뱅주의의 하나님 나라 개념에 엄청난 가치가 있다는 사실을 깨달은 뒤에도 그랬습니다. 종교적 본질로 볼 때 저는 루터교적이고 지금도 그렇습니다. 루터주의는 인간 실존의 "부패성"을 의식하고, 모든 형태의 사회적 유토피아(진보주의 형이상학을 포함해서)를 부인합니다. 또한 인간 실존의 몰이성적이고 악마적인 성격을 인식하고, 종교의 신비주의 요소를 존중하며, 개인과 집단 생활의 청교도 율법주의를 거부합니다. 제 철학 사유 역시 이처럼 루터주의 특유의 내용을 드러냅니다. 오늘에 이르기까지 독일 신비주의의 대표자인 야콥 뵈메 한 사람만이 유독 철학적으로 루터주의를 해명하고자 했습니다. 뵈메 덕분에 루터 신비주의는 셸링과 독일 관념론에 영향을 미쳤고, 셸링 때문에 다시금 19세기와 20세기에 걸쳐 일어난 비합리주의(irrationalism, 비합리적이며 신비적인 것이 우주를 지배한다고 하여 직관, 본능 따위를 중시하는 철학설, 역자 주)와 생기론(生氣論/vitalism, 생명 현상은 물질 기능 이상의 생명 원리에 의한다는 학설, 역자 주) 철학에도 영향을 끼쳤습니다. 반(反)사회주의적 이데올로기 상당 부분이 비합리주의와 생기론에 근거해 있었기 때문에 루터주의는 사회주의를 직접 견제했을 뿐 아니라 철학으로 간접적인 억제도 했습니다.

전쟁이 끝난 후 독일 신학의 흐름을 보면, 루터교인으로 교육받은 사람이 루터교를 떠나 사회주의자가 되는 것은 현실적으로 전혀 불가능했습니다. 루터주의 배경을 가진 두 가지 신학운동이 종교사회주의를 반대했습니다. '청년 루터주의' 신학으로 자칭한 첫 번째 운동은 종교 민족주의였는데,

이 운동의 주창자(主唱者)는 한때 제 급우이자 친구였으나 나중에 신학적으로나 정치적으로 적수가 된 에마뉘엘 히르쉬였습니다. 두 번째 운동은 '변증법적 신학'으로 부당하게 알려진 바르트주의 신학이었습니다. 바르트의 신학에는 적지 않은 칼뱅주의적 요소가 있지만, 그의 철저히 초월적인 하나님 나라 개념은 확실히 루터주의적인 것입니다. 바르트주의 신학이 사회 문제에 무관심했기에 그리고 히르쉬가 민족주의를 신성화한 것은 독일의 종교, 사회, 정치 전통과 일치했기에, 종교사회주의가 이들을 대항하는 일은 무익했습니다. 하지만 종교사회주의가 독일 토양에서는 전혀 가망성이 없다는 사실 때문에 종교사회주의에 신학적으로 오류가 있다거나 정치적으로 불필요했던 것은 아닙니다. 종교와 사회주의가 연합될 수 없다는 사실은 조만간 독일 역사에 있어서 하나의 비극적 요소로 인식될 것입니다.

루터주의와 종교사회주의 사이의 경계선 위에 서 있기 위해서는 무엇보다도 유토피아주의와 비판적으로 대결해야만 했습니다. 루터교의 인간론은 생기론 철학으로 나타난 자연주의적 형태에서조차도 일체의 유토피아주의를 거부합니다. 죄와 탐욕, 권력에의 의지, 무의식적 충동, 혹은 인간 상황을 설명하는 그 어떤 용어도 인간과 자연의 실존 상태(물론 인간과 자연의 본질이나 타고난 천성이 아닌)와 밀착되어 있기 때문에, 어그러져 왜곡된 현실 영역 안에서 정의와 평화의 왕국을 실현하는 일은 불가능합니다. 하나님 나라는 절대로 시간과 공간 안에서 실현될 수 없습니다. 모든 유토피아주의 는 형이상학적으로 실망할 수밖에 없는 운명입니다. 인간 본성이 제 아무리 변화 가능하다고 할지라도, 근본적으로 도덕 교정만 한다고 해서 바꿀 수 없습니다. 교육이나 환경을 개선해서 사람들의 일반적 도덕 수준이 높아지고, 투박한 본성을 세련되게 연마할 수는 있지만, 인간인 이상 그런 개선책이 선과 악을 행할 수 있는 자유에까지 근본적 영향을 미치지는 못합니다. 인류는 더 나아지지 않습니다. 더 높은 수준으로 선악이 고양될 뿐입니다.

저는 전적으로 루터주의적 관점에서 인간 실존을 이해하면서 인간론 문제에 접근했는데, 이 문제는 사회주의자들의 사상에 점점 더 중요해졌으며, 종교사회주의의 특별한 관심 거리이기도 했습니다. 저는 종교사회주의가 잘못된 인간론 때문에 그 설득력을 잃게 되었다고 확신했는데, 특히 독일에서 그랬습니다. 인간에 관한 진리(루터의 표현으로, "인간 안에 있는 것")를 인정하지 않는 정치인은 성공할 수 없습니다. 다른 한편으로 루터주의적 개념, 특히 루터주의의 자연주의 형태

―즉 생기론과 파시즘이―가 인간에 관해서 결정적인 말을 다한다고 저는 믿지 않습니다. 다른 경우에서처럼 여기에서도 예언자적 메시지가 길을 가르쳐줄 수 있습니다. 예언자적 메시지에 따르면 인간 본성은 다른 모든 본성과 함께 변화될 것입니다. 이 믿음은 하나의 기적처럼 보일지 모르지만, 인간을 변화시키려고 안간힘을 쓰면서도 정작 본성은 변화되지 않은 채로 방치하는 사고방식보다 훨씬 더 현실적입니다. 그런 사고방식은 유토피아주의적일 뿐, 예언자적 대망의 역설은 아닙니다.

유토피아주의의 인간론적 의미를 명확히 납득하기 훨씬 이전부터, 유토피아 문제는 종교사회주의 운동의 핵심 사안이었습니다. 1917년 리시아 혁명이 발발한 직후 우리는 종교와 사회주의 문제를 논하고자 만났습니다. 첫 만남부터 종교와 몇몇 사회적 유토피아주의의 관계가 우리가 당면한 기본 문제라는 사실이 분명해졌습니다. 당시에 저는 "때가 찼다"라는 신약의 카이로스 개념을 처음으로 끄집어냈는데, 종교와 사회주의 사이의 경계 개념으로서의 카이로스야말로 독일 종교사회주의의 보증 마크가 되었습니다. 때가 찼다는 개념은 새로운 사회질서를 위해서 투쟁한 덕분에 하나님나라 사상에 표현된 때의 성취 같은 것이 일어나는 것이 아니라, 하나님 나라의 한 특별한 양상이 우리가 해야 할 하나의 요구이자 우리가 기다려야 할 대망이 되듯이, 특별한 시간에 특별한 과제가 요구된다는 사실을 보여줄 뿐입니다. 하나님 나라는 언제나 초월적인 것으로 남아있겠지만, 기성(既成) 사회체제를 심판하는 것으로 나타날 것이며, 다가오는 사회를 판단하는 기준으로 나타날 것입니다. 따라서 종교사회주의자가 되려는 결단은—설령 꿈꾸는 사회주의 사회가 하나님 나라와 한없이 격차가 난다고 할지언정— 다름 아닌 하나님 나라를 위한 결단이라고 하겠습니다. 제가 편집하고 논문을 기고한 두 권의 책『카이로스 제1권: 정신의 상황과 정신의 전환으로』[30]와『제2권: 비판과 형성으로서의 개신교주의』[31]는 카이로스 개념의 신학적이고 철학적인 전제와 함의를 분석했습니다.

카이로스 사상과 연관된 매우 중요한 개념은 마성적인 것의 개념입니다. "마성적인 것에 관하여"[32]가 이 개념을 다룬 논문입니다. 루터 신비주의와 철학적 비합리주의가 마련해준 기초 작업이 없었더라면 마성 개념은 발전될 수 없었을 것입니다. 마성적인 것은 개인의 삶이나 사회 생활에 창조적인 동시에 파괴적인 하나의 힘입니다. 신약성서에 귀신들린 사람이 정상적인 사람보다 예수님을 더 많이 안다고 했지

만, 그는 자신을 대적해 분열되었으므로 예수님을 아는 지식
도 어디까지나 자신을 저주하는 것으로서의 지식입니다. 초
대교회는 로마제국이 자신을 하나님으로 여겼기에 악마적
인 것으로 간주했으나, 황제를 위해 기도했고 황제가 보장해
준 도시의 평화에 감사했습니다. 마찬가지로 종교사회주의
는 자본주의와 민족주의가 파괴적 속성과 창조적 속성을
다 가진 한, 이들이 악마적 세력이라는 사실을 보여주려고
하지만, 자본주의와 민족주의의 가치체계에는 신성함을 부
여합니다. 유럽의 민족주의와 러시아 공산주의가 흘러온 경
과를 살펴보고 이들이 유사종교와 같이 자기를 합리화하는
과정을 눈여겨보면, 이 진단은 전적으로 옳습니다.

그러므로 종교와 문화, 성과 속, 타율과 자율의 관계성에
대한 저의 초기사상이 종교사회주의 문제를 학문적으로 성
찰할 때 그대로 녹아 들어가 제 모든 사유 과정의 초점이
된 것은 전혀 놀라운 일이 아닙니다. 무엇보다도 제가 신율적
역사철학을 발전시켜나가려고 했을 때 하나의 이론적 토대
와 실천적 추동력을 마련해준 것은 사회주의였습니다. 물리
적이고 생물학적 시간과 구별되는 "역사적" 시간의 특성을
분석함으로써, 저는 요구되면서도 기대되는 새로움을 향한
운동이 구성되는 역사 개념을 전개했습니다. 역사가 향해

움직여 나가는 새로움의 내용은 역사의 의미와 목표가 명백해지는 사건 속에서 드러납니다. 저는 이 사건을 "역사의 중심"으로 불렀습니다. 기독교 관점에서 본다면 역사의 중심은 그리스도이신 예수님의 출현입니다. 역사 안에서 서로 투쟁해온 세력은 이 세력을 어떤 시각으로 바라보는가에 따라서, 악마적-신적-인간적, 성례전적-예언자적-세속적, 타율적-신율적-자율적과 같이 각기 다른 이름을 붙일 수 있습니다. 여기에서 '신적', '예언자적', '신율적'과 같은 중간이름은 다른 두 가지 이름을 종합한 것인데, 역사는 언제나 이 중간목표를 향해서 어떨 때는 창조적으로, 또 어떨 때는 파괴적으로, 하지만 절대로 실현되지는 않은 채로, 그런데도 언제나 실현을 고대하는 초월적 힘에 이끌려서 앞으로 뻗어나갑니다. 종교사회주의는 이처럼 새로운 신율을 향해 나아가는 하나의 운동으로 이해해야만 합니다. 그러므로 종교사회주의는 하나의 새로운 경제 제도 그 이상입니다. 종교사회주의는 실존을 포괄적으로 이해하는 것이며, 우리 시대의 현재적 카이로스가 요구하고 대망하는 신율 형태입니다.

관념론과 마르크스주의 사이에서

❧

독일의 관념론적 분위기 속에서 자라난 제가 관념론에서 배운 것을 잊을 수 있을는지 의심스럽습니다. 저는 무엇보다도 칸트의 지식비판에 신세를 졌는데, 그 덕분에 경험지식의 가능성 문제는 대상 영역을 가리키기만 해서 해결될 수 없다는 사실을 알게 되었습니다. 경험을 분석하는 일은 무엇이든지 그리고 현실을 조직적으로 해석하는 일은 무엇이든지, 주체와 객체가 만나는 지점에서 시작해야만 합니다. 제가 동일성에 관한 관념론적 원리를 이해한 것은 바로 이 의미에서입니다. 동일성의 원리(the principle of identity, 인식이란 주객 일치를 뜻하는데, 예컨대 "태양과 같은 것이 되지 않고서는 그 어떤 눈도 결코 태양을 볼 수 없다"라는 생각이다. 역자 주)는 형이상학적 사유의 한 가지 사례가 아니라, 모든 지식의 기본 특성을 분석하는

원리입니다. 지금까지 관념론에 관한 비판이 전혀 없었다는
사실은 제게 이 절차가 잘못되었다는 확신을 심어 주었습니
다. 관념론 원리를 제 철학의 출발점으로 삼음으로써 저는
모든 형태의 형이상학적이고 자연주의적 실증주의를 피해
올 수 있었습니다. 만일 관념론이 사유와 존재의 동일성을
진리 원리로 주장하는 것이라고 한다면, 저는 인식론적 입장
에서 관념론자라고 하겠습니다. 게다가 자유의 요소가 주객
체험에 가장 잘 부합되는 방식으로 세계를 관념론 개념으로
표현한 것처럼 보입니다. 인간이 질문을 던지며 사고하고
행동할 때 절대적 요구(정언명령)를 인식하며, (현대의 형태 심리
학 이론의 경우에서처럼) 자연과 예술, 사회의 의미 있는 형식을
지각한다는 등등의 모든 사실 때문에 저는 인간론이 자유의
철학이 되어야만 한다고 확신했습니다. '의미'라는 개념에
가장 적절히 표현된 것처럼 보이는, 인간 정신과 현실 사이에
일치점이 있다는 사실 역시 부인할 수 없습니다. 이 사실
때문에 헤겔은 절대정신에서 주관적 정신과 객관적 정신이
연합된다고 말했습니다. 관념론이 다양한 실존 영역에 의미
를 부여하는 범주를 정교하게 다듬어 내고자 할 때 이 과제를
완성하고자 한 것인데, 이것만이 철학을 정당화시켜줍니다.

　저를 관념론의 경계선 쪽으로 이끈 것은 전적으로 다른

문제였습니다. 관념주의 철학자들은 관념론의 범주 체계가 확정적이고 실존적으로 제한된 상태에서 만난 것을 표현하는 것으로 보지 않고, 현실 전체를 묘사하는 것이라고 주장합니다. 오직 셸링 한 사람이 자신의 제2기 철학 시기에 관념론 체계나 본질론 체계의 한계를 의식했을 뿐입니다. 셸링은 현실이라는 것이 순수한 본질이 발현된 것일 뿐 아니라 이 본질의 모순이라는 사실, 무엇보다도 인간 실존 그 자체가 본질의 모순을 드러낸다는 사실을 인식했습니다. 셸링은 사고가 또한 실존에 매여 있고, 그 자신의 본질모순을 공유하고 있다는 사실(이 사실이 결함이 있다는 것을 반드시 의미하지는 않습니다)을 깨달았습니다. 하지만 셸링은 이 독창적 사고를 계속 발전시키지 않았습니다. 헤겔과 마찬가지로 셸링은 자신과 자신의 철학이 역사 과정의 종착점에 도달했기에 실존 내부의 모순이 극복되었고, 하나의 절대 관점을 확보했다고 섣불리 믿어버렸습니다. 셸링의 관념론은 자신이 처음 시도한 실존주의 사유를 압도해버리고 말았던 것입니다. 이 점에서 본질에 대한 관념주의 철학의 닫힌 체계의 돌파구를 처음으로 열어젖힌 사람은 키르케고르였습니다. 이제 삶의 불안과 절망에 대한 키르케고르의 철저한 해석으로 말미암아 진정으로 실존주의로 부를 수 있는 철학이 출현했습니다. 키르케고르의 저술이 전후의 독일 신학과 철학에 끼친 영향력은 과소평가될 수 없습니다. 저는 대학 생활의 막바지 무렵(1905 ~1906) 아주 일찍부터 키르케고르 특유의 저돌적 변증법에 영향을 받았습니다.

똑같은 시기에 다른 방향에서 존재에 대한 관념주의 철학을 겨냥한 반대가 불일 듯 휙 타올랐습니다. 헤겔의 급진적 추종자들이 스승을 대적하며 뛰쳐나와 "관념주의 철학을 완전히 뒤집어 엎어버렸는데", 관념론 범주를 써서 이론적이며 실제적 유물론을 선언했던 것입니다. 이 헤겔적 유물론 철학파의 일원이었던 마르크스가 훨씬 더 과격했습니다. 마르크스는 관념론 범주와 이 관념론 범주를 유물론적으로 도치한 것(마르크스의 포이에르바흐에 대한 반론 참조) 모두를 거부했으며, 이 철학에 대립각을 세웠던 입장을 옹호했습니다. 이 새로운 마르크스 철학의 목적은 "세계를 해석하는 것이 아니라 세계를 변혁시키는 것"이었습니다. 마르크스에 따르면, 자신이 본질철학과 동일한 것으로 여겼던 철학이라는 것이 인간 실존 내부에 있는 모순을 모호하게 만들며, 인간존재에 참으로 중요한 것, 즉 이 세상에서 인간의 삶을 결정하는 사회모순을 추상화한 나머지 도외시한다고 주장했습니다. 이런 모순들—아니 더 정확히 사회적 계급 갈등—은 관념론이 하나의 이데올로기, 즉 현실의 모호성을 은폐하는 기능을 하는 관념체계라는 사실을 보여줍니다(이와 비슷하게, 키르케고르는 본질 철학이 개인 실존 내부의 모순을 은폐하는 경향이 있음을 지적했습니다). 다른 무엇보다도 먼저 저는 마르크스 덕분에 관념론뿐만 아니라 종교적이든 세속적이든지를 불문하고 모든 사유체계에 도사리고 있는 이데올로기의 성격을 간파하게 되었습니다. 그런데 이 이데올로기야말로 권력 집단의 이익에 부응하여—무의식적이기는 하지만— 좀 더 정의로운 현실조직을 가로막는 구실을 합니다. 루터가 인간 스스로가 만들어낸 신에 대해서 경고한 것도 이데올로기가 철학에 대해서 갖는 의미에 종교적으로 상응하는 것이라고 하겠습니다.

본질주의 철학의 닫힌 체계를 배격함으로써 진리는 새로이 정의되기에 이르렀습니다. 진리는 이 진리를 아는 사람의 상황에, 즉 키르케고르에게는 개인의 상황에, 마르크스에게는 사회적 상황에 각각 묶여 있습니다. 순수본질에 대한 지식은 인간 실존 내부의 모순을 인식하고 극복해내는 정도만큼만 가능합니다. 절망 상황(키르케고르에 따르면 모든 인간존재가 처한 상황)에서 그리고 계급투쟁의 상황(마르크스에 의하면 인간이 처한 역사적 조건)에서 일체의 닫힌 상태의 조화로운 체계는 진리가 아닙니다. 그러므로 키르케고르나 마르크스는 모두 진리를 특별한 심리적 혹은 사회적 상황에 결부시키려고 합니다. 키르케고르에게 진리는 주체성인데, 개인 주체가 절망에 빠져 있으며 본질 세계에서 배제되었다는 사실을 부인하지 않으며, 외려 이 조건의 진리를 열정적으로 긍정합니다. 마르크스에게 진리의 자리는 계급 갈등을 극복해야만 한다는 자신의 운명을 자각한 계급, 즉 비(非)이데올로기적 계급이 처한 계급적 이해관계입니다. 키르케고르나 마르크스의 경우에서 우리는 놀랍게도 ―기독교 입장에서 본다면 놀랄만한 일은 아니지만― 인간이 자신의 본성으로부터 가장 심각하게 소외된 상태에서 가장 처절한 절망으로 가장 극심한 무의미성의 지점에 처할 때, 비(非)이데올로기적 진리를 성취할 수 있는 최상의 가능성이 주어진다는 사실을 알게 됩니다. 『프로테스탄트 원리와 무산계급의 상황』[33]에서 저는 이 사상을 프로테스탄트 원리와 인간의 한계상황에 관한 개신교 교리에 연결 지었습니다. 물론 이 연결 작업은 무산계급이라는 개념이 유형론적으로 사용될 때만 가능합니다. 어떨 때는 일부 비(非)무산계급 집단이 ―예컨대 지식인 집단이 자신의 계급적 상황을 박차고 일어나 무산계층이 자의식을 가질 수 있는 경계선적 상황으로까지 나아가게

만든 경우— 실제적 무산계급보다 외려 무산계급의 유형에
더 부합되는 때도 있습니다. 따라서 우리는 무산계급 대중을
마르크스가 사용한 무산계급의 유형론적 개념과 동일한 것
으로 생각해서는 안 됩니다.

통상적으로 이해할 때 마르크스주의라는 용어는 '경제
적 유물론'을 의미합니다. 그러나 의도적이든 아니든 간에
경제와 유물론이라는 두 용어를 조합해놓은 것은 유물론에
담긴 모호성을 간과하게 만듭니다. 만일 유물론이라는 것이
오로지 '형이상학적 물질주의'만을 의미한다면, 저는 절대로
마르크스주의의 경계선 위에 설 수 없습니다. 정작 마르크스
자신도 물질주의와 관념주의 모두와 투쟁했기에 이런 식의
이해로는 그도 결코 마르크스주의자가 되지 않았을 것입니
다. 그러기에 우리는 경제적 유물론이 하나의 형이상학이
아니라 역사적 분석방법이라는 점을 기억해야만 합니다. 경
제적 유물론은 그 자체가 인간 실존의 전 영역과 관계되는
복잡한 요소인 '경제적'이라는 것이 역사를 해석하는 유일한
원리가 된다는 사실을 의미하지 않습니다. 이런 주장은 무의
미할 것입니다. 그런데도 경제적 유물론은 역사의 고비마다
사회적이고 지적인 형식이 만들어지고 변혁이 일어날 때
경제적 구조와 경제적 동기가 근본적으로 중요하다는 사실

을 보여줍니다. 경제적 유물론이 보여주는 것은 경제적 요소와 무관한 사상사나 종교사는 있을 수 없다는 사실입니다. 또한 이렇게 해서 관념론자들이 소홀히 한 신학 통찰력, 즉 인간은 천상이 아닌 지상에 살고 있다는 사실(혹은 철학적 표현을 쓰자면, 인간은 본질 영역에서 사는 것이 아니라 실존 한 가운데에 살고 있다는 사실)을 확인해줍니다.

마르크스주의는 현실의 은폐된 수준을 폭로해주는 하나의 방법으로 이해될 수 있습니다. 이 점에 있어서 마르크스주의는 정신분석학에 비교될 수 있습니다. 가면을 벗겨내 폭로하는 작업은 고통스럽고, 어떤 경우에는 파괴적이기도 합니다. 고대 희랍의 비극—예컨대 오이디푸스 신화—은 이 사실을 분명히 보여줍니다. 인간은 가능하면 오랫동안 자신의 실제 본성이 드러나는 것에 저항해서 최대한 자신을 방어합니다. 오이디푸스 왕처럼, 인간은 자신의 인생을 달콤하게 포장해서 자신에 대한 의식을 지탱시켜주는 이데올로기를 제거한 다음에 자신의 적나라한 모습을 보게 될 때 무너집니다. 제가 자주 직면해왔던 것처럼, 사람들이 그토록 격렬하게 마르크스주의와 정신분석학을 배격한 이유는 개인이나 집단이 자신을 파멸시킬 것으로 믿는 가면 벗기기의 폭로를 모면하려는 시도 때문입니다. 하지만 이처럼 고통스러운 가면 벗기기의 과정을 겪지 않고서는 기독교 복음의 궁극적 의미를 인식할 수 없습니다. 그러므로 신학자는 인간 실존의 모호성을 덮어 적당히 얼버무리는 관념론을 선전하기보다는, 인간의 진정한 조건을 드러내는 가면 벗기기 수단을 가능한 한 자주 사용하지 않으면 안 됩니다. 신학자는 경계선 위의 위치에서만 그렇게 할 수 있습니다. 저 자신이 그래왔던 것처럼, 신학자는 어느 정도 한물 간 정신분석학 용어를 비판할 수 있고, 마르크스주의의 유토피아적이고 교조주의적 요소를 거부할 수도 있으며, 과학적으로 타당성이 없는 정신분석학과 마르크스주의에 대한 수많은 개별 이론을 폐기할 수도 있습니다. 신학자는 형이상학적 유물론과 윤리적 유물론을 ―이것이 프로이트와 마르크스에 대한 다양한 해석이든 아니든 간에― 거부할 수 있고 또 거부해야 마땅합니다. 그러나 신학자는 이데올로기를 깨부순 뒤에 인간 실존의 참모습을 드러내줄 때 이런 운동이 효과가 있다는 사실도 인정해야만 할 것입니다.

하지만 가면을 벗기는 것만이 마르크스주의의 효능이 아닙니다. 마르크스주의에는 요구와 함께 기대도 있는데, 이 요구와 기대로 이루 말할 수 없는 충격을 역사에 끼쳤고 앞으로도 계속 그렇게 충격을 미칠 것입니다. 관념론이 동일성의 원리로 형성될 때 신비주의적이고 성례전적 뿌리를 갖는 것과 달리, 마르크스주의에는 예언자적 열정이 있습니다. 제 책『사회주의적 결단』[34]의 중심부는 마르크스주의의 예언자적 요소를 마르크스주의의 합리적이고 과학적인 용어에서 구별시켜 마르크스주의에 광범위하게 함축된 종교적이고 역사적인 의미를 더욱 더 이해 가능한 것으로 만들고자 했습니다. 저는 또한 사회주의 원리를 유대-기독교적 예언자주의와 비교함으로써 사회주의 원리를 새롭게 이해하고자 했습니다. 마르크스주의자들은 제 안에 있는 관념론적 요소를 비난할 것이고, 관념론자들은 제 안에 있는 유물론적 사상에 대해서 불평할 것입니다. 하지만 실제로 저는 관념론과 유물론 사이의 경계선 위에 서 있습니다.

오늘날 마르크스주의는 정치적 적대자들에게 굴욕감을 안겨주기 위한 하나의 선전 구호로 전락했습니다. 마르크스주의의 경계에 서 있다는 사실을 인정한다고 해서 제가 말씀드린 저와 종교사회주의의 관계에 정치적으로 새로운 의미가 더 붙는 것은 전혀 아닙니다. 제가 마르크스주의의 경계에 서 있다고 해서 어떤 정당에 가입하려는 것은 아닙니다. 만일 제가 두 개의 정당 사이에 서 있었다고 말했더라면, '사이에' 라는 말은 이 책 어디에선가 말한 것과는 전혀 다른 의미로 해석되어야만 할 것입니다. 그것은 제가 내적으로 어느 정당에도 속하지 않고 또 속해본 적도 없다는 사실을 의미할 텐데, 그 이유는 정치 영역에서 가장 중요한 것처럼 보이는 것은 정당에서 절대로 구현될 수 없는, 그 무엇이기 때문입니다. 제가 맺은 정당과의 유대관계가 설령 어느 한 정당으로 더 기울어진 것이었다고 할지라도, 저는 어느 정당에도 얽매이지 않는 유대관계를 염원하고 있고, 또 언제나 그렇게 염원해 왔습니다. 제가 유대를 맺고자 하는 정치집단은 카이로스의 요구에 일치하고 예언자적 정신으로 세워진, 더욱 정의로운 사회질서를 위해 그 전위에 서지 않으면 안 됩니다.

본국과 타국 사이에서

　제가 외국(미국)에서 저의 자화상을 그리고 있다는 사실은 모든 진정한 의미의 운명처럼 하나의 운명인데, 이와 동시에 자유를 뜻하는 운명입니다. 본국과 타국 사이의 경계선은 단순히 자연적으로나 역사적으로 그어진 외적 경계만이 아닙니다. 이 경계는 또한 두 개의 내적 힘, 즉 인간 실존의 두 가지 가능성 사이의 경계선이기도 한데, 창세기에서 하나님이 아브라함에게 주신 명령에 고전적으로 표현되었습니다. "네 고향을 떠나… 내가 보여주는 땅으로 가거라"(창 12:1). 아브라함은 자신이 납득하지 못한 약속을 따라 본토와 가족과 종교 공동체, 동족과 조국을 떠나라는 명령을 받았습니다. 아브라함의 순종을 요구한 하나님은 외국의 신이었는데, 이교의 신이 그랬던 것처럼 어느 한 지역에 얽매인 신이 아니라,

땅 위의 모든 족속에게 복을 주려는 역사의 신이었습니다. 예언자의 하나님이요 예수님의 하나님인 이 신은 일체의 종교 민족주의, 즉 하나님이 시종일관 거부한 유대 민족주의와 아브라함에게 주어진 명령에서 거부된 이방인의 민족주의를 완전히 무너뜨립니다. 그 어떤 신앙고백을 하는 그리스도인이든지 간에 그에게 이 하나님 명령의 의미에는 반론의 여지가 없습니다. 그는 자신의 고국을 떠나 하나님이 보여줄 땅으로 가야만 합니다. 그리고 전적으로 초월적인 하나님의 약속을 신뢰해야만 합니다.

'고국'의 진짜 의미는 개인이 처한 상황에 따라서 달라집니다. 태어난 곳이나 자신이 속한 민족 공동체가 고국이 될 수도 있습니다. 어쩌다가 '신체적 이민'이 요구될 수도 있습니다. 그러나 자신의 고국을 떠나라는 명령은 통치 당국이나 지배적인 정치 사회 양식과 결별하고, 소극적이든 적극적이든 간에 이런 것에 저항하라는 요청일 때가 더 많습니다. 그러므로 이것은 교회 공동체가 로마제국에 취한 태도인 '영적 이민'을 요청합니다. 외국으로 들어가는 길은 완전히 개인적이거나 내적인 무엇인가를 의미할 수도 있습니다. 다시 말해 믿을 때나 사고할 때 그동안 지당한 것으로 용인해 온 노선을 버리고, 그 지당한 것의 한계를 뛰어넘어, 철저한 질문을 제기해서 미지의 새 영역을 열어젖히는 것을 의미할 수도 있습니다. 니체의 표현을 빌리자면, '우리 조상의 땅'을 벗어나 '우리 자녀의 땅'으로 들어가는 것을 말합니다. 이것은 지리적 이민이 아니라, 시간적 이민입니다. 타국은 미래에 있는, '현재를 넘어선' 나라입니다. 그리고 우리가 이런 타국을 말할 때 우리 곁에 가장 가까이 있고 가장 익숙한 것에도 낯선 요소가 있다는 사실을 인정하게 됩니다. 이것은 실존주의가 인간의 유한성 체험으로 표현한, 세계 내에서 홀로 있음을 형이상학적으로 체험하는 것입니다.

경계선이라는 말의 총체적 의미로 저는 언제나 본국과 타국 사이의 경계선 위에 서 왔습니다. 타국에서만 살고자 한 적은 없었지만, 저는 두 유형의 '이민', 즉 몸의 이민과 정신의 이민을 차례로 겪었습니다. 고국인 독일을 실질적으로 떠나기 오래전부터 저는 개인적으로나 정신적으로 이미 '이민자'였습니다.

풍경이나 언어, 전통으로 볼 때 그리고 역사 운명을 함께 나눈다는 점에서 저는 언제나 조국에 본능적으로 밀착되어 있기 때문에 이 당연한 사실을 왜 특별히 주목해야만 하는지 납득하지 못했습니다. 민족 교육을 할 때나 지식을 생산할 때 문화 민족주의를 과도하게 강조하는 이유는 민족의 유대

관계에 불안감을 느끼기 때문입니다. 문화 민족주의를 지나치게 강조하는 현상은 내적으로나 외적으로 경계선에서 온 사람이 자신에게나 타인에게 본인의 애국심을 기필코 정당화하려고 할 때 일어납니다. 이런 사람은 경계선으로 되돌아가는 것을 두려워합니다.

저는 나면서부터 독일인이라는 사실을 뼛속 깊이 늘 자각했기에 이 지당한 사실을 오랫동안 곱씹을 필요가 없었습니다. 출생과 운명이라는 조건은 정말 의문을 품을 수 있는 그런 성질이 아닙니다. 그 대신 이런 질문을 던져야만 마땅합니다. "우리에게 주어진 출생과 운명의 조건으로 무엇을 할 것인가?" "사회와 정치, 지성 훈련, 도덕 훈련, 문화 생활과 사회 생활을 평가할 때의 기준은 어떤 것이 되어야만 할까?" 우연성의 문제인 출생만으로는 이 질문에 답할 수 없는데, 이 질문이 출생의 우연성을 전제하기 때문입니다. 만일 출생의 우연성이라는 당연한 전제를 해답으로 오인한다면, 오늘날 애국심으로 찬사를 받는 악순환에 빠지고 말 것입니다. 그런데 애국심으로 찬사를 받는 것은 실제로 우리 민족이 본질적으로 자랑하는 장점에 자신감을 갖지 못하고, 결국 민족의 삶에 끔찍한 공허감만 안겨줍니다. 프랑크푸르트에서 공중 교육에 관한 제 강연 "사회 교육"(Sozialpädagogik)이 이런 민족주의 경향을 반대했습니다.

하지만 오늘날의 민족주의 문제는 일차적으로 경제 문제이고 정치 문제입니다. 저는 이 문제에 대해서 다양한 견해를 밝혔습니다. 전체주의 국가와 교회의 요구에 관한 논문에서 저는 유럽에서 군사적 전체주의가 일어난 원인과 이 전체주의가 자본주의의 해체에 어떤 영향을 미쳤는지를 논했습니다. 제 논문 "권력 문제"[35]는 권력이 존재에 대한 일반 문제, 즉 존재론과 관련해서 어떤 의미와 한계를 갖는가를 논했습니다. 『사회주의적 결단』[36]에서 저는 민족주의의 뿌리와 그 정치적 결과를 밝혀내고자 했습니다. 1차 대전의 경험은 제 입장에 결정적으로 중요했습니다. 1차 대전은, 특히 열광적으로 전쟁에 뛰어들면서 자신의 민족주의적 대의명분이 정의롭다는 확신을 품은 사람들에게 권력을 탐하는 민족국가의 의지에 악마적이고 파괴적인 특성이 있다는 사실을 보여주었습니다. 결과적으로 제가 민족주의가 피할 수 없는 시대적 대세임을 깨달았다고 할지라도, 아니 깨달았기 때문에, 유럽의 민족주의가 유럽을 자멸의 길로 몰고 가는 비극적 도구라는 사실을 알 수 있습니다. 하지만 이 생각 때문에 저는 엄격한 의미에서의 평화주의자가 될 수는 없었습니다. 어떤 형태의 평화주의는 그 대표자들의 나약한 모습 때문에

썩 확신이 가지 않았습니다. 승리감과 자아도취에 빠진 국가
가 내세운 평화주의에는 이데올로기적이고 바리새인의 악
취가 났습니다. 그런 국가의 평화주의는 지나치게 실리적이
기에 정직하기 어렵습니다. 제가 보기에 율법주의적 평화주
의는 본래의 목적과는 정반대의 결과로 끝납니다. 국제평화
나 국가평화를 막론하고 이 세상에서의 평화는 평화를 깨는
세력을 제어하는 힘에 달려 있습니다. 저는 한 국가의 권력을
탐하는 의지를 정당화하기 위해 이 말씀을 드리지 않습니다.
다만 국가적으로나 국제적으로 상호결집된 힘이 필요하다
는 사실을 인식하는데, 인류의 자멸을 막을 힘이 틀림없이
있을 것입니다. 오늘날 인류라는 말은 하나의 공허한 관념
그 이상입니다. 세계 모든 지역의 운명은 다른 모든 지역의
운명에 달려 있기에 인류는 하나의 경제 현실, 정치 현실이
되고 말았습니다. 하나로 통일된 인류를 점점 더 실감할 때,
이를테면 열방의 모든 민족이 속한 하나님 나라의 믿음에
담긴 진리를 표출하고 거기에 기대를 걸게 됩니다. 그러므로
인류 통일을 목표로 삼지 않게 된다면, 하나님 나라가 "가까
이 왔다"라는 기독교 교리를 부인하게 됩니다. 미국인들의
환대 덕분에, 저는 현재 살고 있는 새로운 대륙 미국의 경계선
위에서 유럽의 비극적으로 갈가리 찢긴 자기 분할의 이미지

보다는, 하나 된 인류의 이미지에 더욱 부합하는 이상을 발견해서 기쁩니다. 이것은 열방의 모든 민족을 대표하는 사람들이 시민으로 함께 살아갈 수 있는, 하나로 된 국가 이미지입니다. 물론 여기에서도 이상과 현실 사이의 괴리가 엄청나게 깊고, 이 한 국가의 이미지에 자주 심각한 그늘이 드리워져 있는 것 또한 사실이지만, 그런데도 이 이미지는 '인류'라는 이름으로 현실을 초월한 하나님 나라를 가리키는, 최상의 역사적 가능성의 상징입니다. 이 최상의 가능성 안에서 본국과 타국의 경계선은 허물어질 것입니다.

회고: 경계와 한계

이 책에서 저는 물질적으로나 정신적으로 다양한 인간 실존의 가능성을 논했습니다. 어떤 가능성은 제 전기의 한 부분을 차지함에도 언급하지 않았습니다. 더 많은 가능성이 제 인생과 사상 이력에 속하지 않기에 취급되지 않았습니다. 하지만 제가 논한 각각의 가능성은 다른 가능성과의 연관성 속에서 어떨 때는 상호 대립하는 방식으로, 또 어떨 때는 상호연결되는 식으로 다루어졌습니다. 이것이야말로 각각의 삶의 가능성이 경계선에 일치해서, 이 가능성이 이 가능성을 제한하는 가능성을 만나는 경계선을 넘어서, 자신의 가능성을 향해 질주해 나가는 실존 변증법입니다. 수많은 경계선 위에 서 있는 사람은 불안하고, 위태롭고, 다양한 형태로 내적 실존이 한계에 부딪힙니다. 이런 사람은 평정과 안전,

완전을 얻을 수 없다는 사실을 잘 압니다. 이것은 사고뿐만 아니라 삶에서도 그렇습니다. 그리고 제가 지금까지 말씀드린 체험과 생각이 왜 단편적이고 잠정적인지의 이유가 될 수 있습니다. 이런 생각을 명확하게 표현하려고 한 제 열망은 미국이라는 신대륙에 던져졌다는 운명적 경계선으로 말미암아 다시 한번 좌절되고 말았습니다. 제 능력을 총동원해서 이 과제를 완수하려는 것은 제 나이 오십 줄에 접어들면서 더 불확실해진 하나의 희망으로 남게 되었습니다. 그러나 이 일이 실현되든 실현되지 않든 간에, 인간 행위에는 하나의 경계가 남아있는데, 이 경계는 더는 두 가지 가능성 사이의 **경계**가 아니라, 모든 인간의 가능성을 초월하는 영원성으로 말미암아 일체의 유한한 것에 부과된 **한계**로 남아있습니다. 영원이 현존할 때 우리 존재의 중심조차도 하나의 한계에 불과하며, 우리가 이룬 최고 수준의 성취조차도 단편적인 것에 지나지 않습니다.

미 주

1. *Religiöse Verwirklichung.* Berlin: Furche, 1929.
2. Logos und Mythos der Technik." Logos (Tübingen), XVI, No. 3 (November, 1927).
3. "Die technische Stadt als Symbol." Dresdner Neueste Nachrichten, No. 115 (May 17, 1928).
4. *The Religious Situation.* New York: Henry Holt, 1932.
5. "Masse und Geist." Studien zur Philosophie der Masse, "Volk und Geist," No. I Berlin/Frankfurt a.M.: Verlag der Arbeitsgemeinschaft, 1922.
6. "Grundlinien des religiösen Sozialismus. Ein systematischer Entwurf." *Blätter fur Religiösen Sozialismus* (Berlin), IV, No. 8/10 (1923).
7. *Die sozialistische Entscheidung.* Potsdam: Potsdam: Alfred Protte, 1933.
8. "Das Problem der Macht. Versuch einer philosophischen Grundlegung." *Neue Blätter für den Sozialismus* (Potsdam), II, No. 4 (April, 1931).
9. *Das System der Wissenschaften nach Gegenständen und Methoden. Ein Entwurf.* Göttingen: Vandenhoeck & Ruprecht, 1923.
10. *Die sozialistische Entscheidung.* Potsdam: Alfred Ptotte, 1933.
11. *The Religious Situation.* New York: Henry Holt, 1932.

12. "Masse und Persönlichkeit." Göttingen: Vandenhoeck & Ruprecht, 1920.

13. *Das System der Wissenschaften nach Gegenständen und Methoden.* Ein Entwurf. Göttingen: Vandenhoeck & Ruprecht, 1923.

14. "Religionsphilosophie." Lehrbuch der Philosophie, ed. *Max Dessoir.* Vol. II: Die Philosophie in ihren Einzelgebieten. Berlin: Ullstein, 1925.

15. *Neue Blätter für den Sozialismus.* Potsdam: Alfred Protte, 1931.

16. *Protestantismus als Kritik und Gestaltung.* Darmstadt: Otto Reichl, 1929.

17. *Religiöse Verwirklichung.* Berlin: Furche, 1929.

18. "Der Staat als Erwartung und Forderung." In: *Religiöse Verwirklichung.* Berlin: Furche, 1929.

19. "The Totalitarian State and the Claims of the Church." *Social Research* (New York) I, No.4 (November, 1934).

20. *Masse und Geist. Studien zur Philosophie der Masse.* Berlin/ Frankfurt a.M.: Verlag der Arbeitsgemeinschaft, 1922.

21. "Rechtferigung und Zweifel." *Vorträge der theologischen Konferenz zu Giessen,* 39. Folge, Giessen: Alfred Töpelmann, 1924.

22. "Die Idee der Offenbarung." *Zeitschrift für Tehologie und Kirche* (Tübingen), N.F., VIII, No. 6 (1927).

23. "Die Überwindung des Religionsbegriffs in der Religion-sphilosophie." *Kant-Studien* (Berlin), XXVII, No. 3/4 (1922).

24. *Das System der Wissenschaften nach Gegenständen und Methoden.* Ein Entwurf. Göttingen. Vandenhoeck & Ruprecht, 1923.

25. *Religiöse Verwirklichung.* Berlin: Furche, 1929.

26. "Kirche und humanistische Gesellschaft." *Neuwerk* (Kanssel), XIII, No.I (April-May, 1931).

27. *The Religious Situation.* New York: Henry Holt, 1932.

28. "Über die Idee einer Theologie der Kultur." *Religionsphilosophie der Kultur.* Berlin: Reuther & Reichard, 1919.

29. "Natur und Sakrament." In: *Religiöse Verwirklichung.* Berlin: Furche, 1929.

30. *Kairos: Zur Geisteslage und Geisteswendung.* Darmstadt: Otto Reichl, 1926.

31. *Protestantismus als Kritik und Gestaltung.* Darmstadt: Otto Reichl, 1929.

32. *The Interpretation of History.* New York: Scribners, 1936.

33. *Protestantisches Prinzip und Proletarische Situation.* Bonn: F. Cohen, 1931.

34. *Die sozialistische Entscheidung.* Potsdam: Alfred Protte, 1933.

35. "Das Problem der Macht. Versuch einer philosophischen Grundlegung." *Neue Blätter für den Sozialismus* (Potsdam), II, No. 4 (April, 1931).

36. *Die sozialistische Entscheidung.* Potsdam: Alfred Protte, 1933.

참 고 문 헌

Tillich, Paul. 1951, 1957, 1963. *ST Systematic Theology* I, II, III (Chicago: The
  University of Chicago Press).

_____. 2001/1957. *DF Dynamics of Faith* (New York: Harper Collins).

_____. 1968. *HC A History of Christian Thought* (London: SCM Press).

_____. 1966. *OB On the Boundary: An Autobiographical Sketch* (New York:
  Charles Scribner's Sons).

_____. 1965. *UC Ultimate Concern: Tillich in Dialogue* (New York: Harper
  & Row).

_____. 1955. *BR Biblical Religion and the Search for Ultimate Reality*
  (Chicago: The University of Chicago Press).

_____. 1955. *NB The New Being* (New York: Charles Scribner's Son).

_____. 1948. *PE The Protestant Era* (Chicago: The University of Chicago Press).

_____. 1948. *SF The Shaking of the Foundation* (New York: Charles Scribner's
  Sons).

Armbruster, Carl J. 1967. *VP The Vision of Paul Tillich* (New York: Sheed and
  Ward).

Barth, Karl. 1964. *IR* "Inroductory Report." in Mckelway Alexander J. *The
  Systematic Theology of Paul Tilllich: A Review and Analysis* (11-15)
  (London: Lutterworth Press).

Bernad Martin. 1964. *ET The Existential Theology of Paul Tillich* (New Haven,
  CT: College & University Press).

Braaten, Carl E. 1990. *JA Justification: The Article by which the Church Stands
  and Falls* (Minneapolis, MN: Fortress Press).

Greene, Theodore M. 1982. PU "Paul Tillich and Our Secular Culture." in Charles
  W. Kegley (ed.), *Theology of Paul Tillich* (84-100) (New York: The Pilgrim
  Press).

Hamilton, Kenneth. 1969/1966. *PT* "Paul Tillich." in Philip E. Hughes (ed.), *Creative Minds in Contemporary Theology* (447-478) (Grand Rapids, MI: Wm. B. Eerdmans Publishing.)

Kolb, Robert & Wengert, Timothy J (eds.). *BC* The Book of Concord: The Confessions of the Evangelical Lutheran Church (Minneapolis, MN: Fortress Press).

Luther, Martin. 1961. *LR Lectures on Romans*. trans. Wilhelm Pauck (Philadelphia, PA: The Westminster Press).

McGrath, Alister E. 1999/1988. R*T Reformation Thought: An Introduction*. (Oxford: Blackwell).

Mckelway, Alexander J. 1964. *STP The Systematic Theology of Paul Tillich: A Review and Analysis* (London: Lutterworth Press).

Niebuhr, Reinhold. 1982. *BT* "Biblical Thought and Ontological Speculation." in Charles W. Kegley (ed.), *The Theology of Paul Tillich* (252-263) (New York: The Pilgrim Press).

Siegfried, Theodor. 1982. *SP* "The Significance of Paul Tillich's Theology for the German Situation." in Charles W. Kegley (ed.), *Theology of Paul Tillich* (102-117) (New York: The Pilgrim Press).

Smith, Barry. 1995. *OT* "Ontology." in Jaegwon Kim & Ernest Sosa (eds.), *A Companion to Metaphysics* (373-374) (Oxford: Blackwell Publishing).

Thomas, Tillich. 2000. *TI Tillich* (London: Continuum)

Tracy, David. 1978. *BRO Blessed Rage for Order: The New Pluralism in Theology* (New York: The Seabury Press).

경계선 신학자 폴 틸리히

임성모 목사

(감리교신학대학교, 조직신학)

틸리히는 흔히 20세기 3대 조직신학자의 한 명으로 꼽힙니다. 칼 바르트, 칼 라너와 같은 대 신학자의 반열에 들어갑니다. 기독교 역사를 망라해도, 바울, 어거스틴, 아퀴나스, 루터, 칼뱅 등에 견줄만합니다.

그런 대학자를 제대로 이해하면 당연히 우리 신앙과 신학 형성에 큰 도움이 됩니다. 문제는 접근하기가 만만치 않다는 점입니다. 실제로 틸리히 저서 읽기를 시도한 많은 이가 고개를 절레절레 흔듭니다. 난해한 철학 용어에 절망감만 느끼다가, 책장 장식용으로 꽂아두는 경우가 잦습니다.

이 글의 목적은 첫째, 틸리히 신학 사상을 아주 쉽게 소개하는 것입니다. 둘째, 짧은 지면상 핵심적인 주장을 다룹니다. 그의 사상의 근거가 되는 '개신교 원리'(The Protestant principle), 신학 방법론인 '상관관계 방법론'(the method of correlation), 조직신학의 핵심인 신론, 기독론, 성령론을 차례로 소개합니다.

개신교 원리

잘 알려진 대로, 종교 개혁자 마르틴 루터의 3대 강령은 '오직 성서'(Sola Scriptura), '오직 은혜'(Sola Gratia), '오직 믿음'(Sola Fide)입니다. '오직 믿음'이 의미하는 바는 하나님 앞에 나아가는 길은 종교행위, 즉 선행이나 수양 등이 아니고 오직 하나님 신뢰라는 것입니다. 죄인인 인간은 하나님 앞에서 의인으로 인정함을 받지 못합니다. 오직 의인이신 예수 그리스도의 의로 옷 입을 때 하나님이 우리를 의롭다고 여기십니다. 우리 안에 자생적이거나 노력해서 얻는 의가 아니기에 생소한(alien) 의입니다(LR, 18, 174; RT, 119). 이러한 이신칭의(以信稱義) 교리는 기독교의 모든 가르침 가운데 가장 중요합니다(BC, 120, 563).

이신칭의 교리에 대한 대표적인 오해는, "믿음만으로 구원 받는다고 하기에 열매 맺는 삶을 약화시킨다", "믿음이 또 다른 공적이 된다" 등입니다. 의심과 질문을 기피하는 무조건적인 맹신을 믿음이라고 생각하는 이들도 있습니다.

루터교회 목사 틸리히는 이 점에 주목하여, '이신칭의' 교리 즉 '개신교 원리'를 독특하게 해석합니다. 그에게 개신교 원리란 "모든 인간은 하나님의 심판에 직면해 있다. 그들의 구원은 인간의 성취가 아닌 하나님의 은혜를 믿음으로 받아들일 때만 가능하다"를 의미합니다(*PE*, 166, 170- 171; *VP*, 300). 이 점에서 틸리히는 다른 루터교 신학자들과 아무런 차이점을 보이지 않습니다. 그러나 그는 놀랍게도 '오직 믿음'의 교리를 그것의 대척점에 있다고 여기기 쉬운 '의심'과 상호 연결합니다. 즉 의심하는 이는 믿음에서 멀지 않습니다. 믿음이 깊더라도 기존 교리에 대해 '과연 그럴까'하고 의심할 때가 있습니다. 자기 삶을 근본적으로 변화시키는 신앙 문제이기에 아무것이나 덥석 받아들여서도 안 됩니다. 의심으로 점검하고 그 결과 진정한 믿음으로 나갑니다. 기존 교리를 맹목적으로 받아들이는 것은 참된 믿음이 아닙니다. 자기 존재 깊이의 물음과 연결되지 않는 대답은 대답이 아닙니다. 그것은 나의 삶과 관계없는 기계적인 지식에 불과합니다. 틸리히는

말합니다: "진지하게 의심할 때 믿음이 확인된다"([S]erious doubt is confirmation of faith). 왜냐하면 의심한다는 것은 진지한 관심이 있음을 보여주기 때문입니다(DF, 25). 관심이 없으면 아예 의심하지도 않지요. 이처럼 틸리히는 믿음의 적이라고 간주될만한 의심을 긍정적으로 보고 그것이 하나님을 찾는 길이라고 봅니다. 의심을 '개신교 원리'와 연결시키는 탁월한 발상의 전환이 아닐 수 없습니다.

의심을 개신교 원리에 결합시키는 또 다른 이유는 인간의 신앙보다 하나님의 은혜를 우선시하기 때문입니다(SP, 114). '오직 믿음'이란 가르침을, 인간 스스로의 경건을 통해 또는 '믿음'을 축적해 구원을 성취하는 것으로 오해해서는 안 됩니다. 에베소서 2장 8절에 따르면, 구원은 '은혜에 의해'(by grace), '믿음을 통해'(through faith) 주어집니다(see HC, 236) 구원은 인간의 성취와 하등 관계가 없습니다. 구원은 하나님의 은총이 선행하는 사건입니다. 구원은 하나님의 선물을 믿음으로 신뢰하고 받아들이는 것입니다. 틸리히는 이 점에 착안합니다. 내 믿음은 한계가 있습니다. 믿는다는 것은 은혜에 사로잡히는 것입니다. 내가 믿기보다 하나님의 은혜가 나를 붙잡는 것입니다. 내가 하나님을 믿기보다 하나님이 나를 믿어주시는 것입니다. 내가 의심으로 흔들려도 하나님의 임재는 사라지지 않습니다. 하나님의 제한 없는 사랑은 내 의심보다 큽니다(see *PE*, xi). 틸리히는 그의 유명한 설교 "You are Accepted"에서 말합니다. 모든 걸 다 알지 못한다 해도, "네가 받아들여졌다는 사실을 단순히 받아들여라"(Simply accept the fact that you are accepted)(*SF*, 162). 내가 받아들여질 수 없는 상황과 조건이라 하더라도 하나님이 받아 주신다는 확신이 개신교 원리입니다(*JA*, 42).

이처럼 틸리히는 전통적인 개신교 원리('오직 믿음')를 질문을 제기해야만 하는 학자로서의 상황 그리고 일반 신앙인의 고민, 방황, 의심과 연결합니다. 자기 삶의 질문과 성서의 메시지를 연결시키는 태도는 그의 신학 방법론('상관관계 방법론')에서 선명하게 나타납니다.

상관관계 방법론

기독교인은 하나님께 속해 있으면서 동시에 세상의 시민으로 삽니다. 성경을 읽고 세상 학문을 배웁니다. 창조 이야기를 배우면서 진화론은 어떻게 이해해야 할지 고민합니다. 틸리히는 젊은 시절부터 그 부분에 대해 치열한 고민을 했습니다. 철학을 먼저 공부하고 신학을 공부한 틸리히에게, 자신의 정체성을 어디에 두어야 하는지, 두 영역 사이의 관계는 무엇인지가 초두의 관심사이며 해명해야 할 과제였습니다. 세계대전으로 인한 사람들의 질문과 불안에 대해서 신학은 응답해야 했습니다. 또 본인은 미술에 대한 흥미가 있어서 신학적인 해석을 해야만 했습니다. 이런 여러 이유로 틸리히는 세상의 질문, 특히 철학과 성서적인 답변을 연결시키는 창조적인 과제에 도전합니다(*OB*, 46-57; *TI*, 1-19).

철학과 신학은 각각 독립적인 학문입니다. 그러나 상호 의존합니다. 철학은 존재(being)의 구조(structure)를 규명하려고 합니다. 그러나 답은 없습니다. 답을 제시하면 이미 철학이 아닙니다. 누군가가 예리한 질문을 던지면 신학은 계시에 바탕하여 답합니다(*STI*, 18, 20, 22, 30, 64; *PE*, xxii). 물론 철학자가 개인적으로 신학적 탐구를 할 수 있고, 신학자가 세속적 질문을 할 수도 있지만 철학 그 자체와 신학 그 자체는 위와 같은 과제를 갖는다고 봅니다(*PT*, 450).

철학과 신학의 상관관계적 설정에 대한 다양한 비판이 있습니다. 데이비드 트레이시는 철학이 왜 스스로 답변을 제공하지 못하느냐며 비판합니다(*BRO*, 46). 칼 바르트는 신학은 왜 질문을 던질 수 없고 철학에 의지하느냐며 비판합니다(*IR*, 13).

그런 비판에도 불구하고 틸리히의 상관관계는 두 영역을 살아야 하는 기독교인에게 양쪽은 어떻게 해서라도 상호 연결되어야 함을 시사해 줍니다. 세상 학문을 포기하고 고립되게 살아갈 수는 없습니다(*PE*, xxiii). 세상 학문이 반드시 신학의 전단계이지만도 않습니다. 세상 학문이 신학을 위한 봉사로만 사용되지 않습니다. 각각 하나님이 쓰시는 도구이지만 철학은 인간이 가지고 있는 질문들, 특히 존재 구조를 규명("존재한다는 것이 무엇인가?")하는데 탁월하고, 신학은 성서적 메시지를 통해 인간 존재의 의미를 밝혀주는 데 깊이를 가지고 있습니다. 틸리히는 이처럼 질문에 대답하는 신학을 '변증신학'(apologetic theology)이라 부릅니다(*ST*I, 6). 변증신학은 질문하지 않은 채 대답하는 신학이나, 세상에서 스스로 대답이 나온다는 신학을 거부합니다. 질문이 있어야 대답이 진정한 대답이 됩니다. 질문 없는 대답은 울림을 주지 못합니다. 대답 없는 질문도 공허하기만 합니다.

이렇듯 질문이 선행하고 답변이 따라 나오는 상관관계 방법론은 그의 유명한 『조직신학』(*Systematic Theology* I, II, III)에서 다음과 같이 구성되어 있습니다.

질문	이성	존재	실존	생명	역사
답변	계시	하나님	예수 그리스도	성령	하나님 나라

차례대로 신론, 기독론, 성령론을 다루겠습니다.

신론

틸리히는 '존재론'(ontology)을 철학의 핵심으로 봅니다 (*BR*, 6). 존재론이란 '존재'(existene, being)에 대한 철학적 연구입니다. 물질적인 것이든 비물질적인 것이든 개별적인 존재(individual entities)를 다룰 뿐 아니라, 존재 그 자체가 무엇이냐를 질문하고 분석합니다. 즉 존재의 구조인 시간, 공간, 원인과 결과 등 (*OT*, 373)을 다룹니다. 추상적으로 들리기 쉬운 존재론에 관심을 갖는 이유는 인간은 언젠가 소멸된다, 즉 죽는다는 사실과 깊은 관계가 있습니다. 인간은 한계적 (finite)인 존재입니다(*STI*, 189). 영원하지 않습니다. 사람은 자연사하기 직전 사후 세계에 대한 두려움을 느끼기도 하지만, 죽음의 위협은 항상 삶 주위에 도사리고 있습니다. 틸리히는 이것을 '비존재의 위협'(the threat of nonbeing) 또는 '무(nothingness)의 위협'이라 부릅니다(*STI*, 62, 192). 인간은 존재와 비존재 사이에서 흔들리는 존재로서 불안(anxiety)해 합니다(STI, 190, 191). 따라서 인간은 내 존재가 어떻게 될 것이냐에 대한 질문을 하면서 죽음이 없는 영원을 지향합니다(BR, 11; ET, 93-94). 기독교에서 영원하신 분은 하나님입니다. 하나님에게 비존재(nonbeing)는 존재의 힘(the power of being)에 의해 늘 정복당합니다. 비존재는 설 자리가 없습니다(STP, 111).

종합해 보면, 인간은 한계성으로 인해 불안해하고, 이러한 비존재의 위협은 '존재 자체'(being itself)이신 하나님에 대한 질문으로 이어집니다(STI, 61-62, 205). 이 점에서 틸리히는 하나님을 '궁극적 관심'(ultimate concern)이라고 표현하기도 합니다(STI, 211). 여기서 문제는 틸리히가 성서의 인격적 하나님을 존재론적 용어로 대체하지 않았느냐, 다시 말하면 역동적 하나님을 추상적으로 이해하지 않았느냐 하는 점입니다. 하나님은 철학자의 하나님이 아니고 아브라함과 이삭과 야곱의 하나님이라는 파스칼의 그 유명한 말을 상기하게 됩니다. 그렇지만 틸리히는 성서의 하나님과 철학자의 하나님은 사실상 같은 하나님을 언급한다고 주장합니다(BR, 85).

상관관계 방법론에 의해 존재론의 존재 개념과 성서의 인격적인 하나님이 연결될 때 장점이 있습니다. 첫째, 인간과 시대 분석을 통해 하나님께 나가기에 호소력이 있습니다. 신학이 생소한 이들에게 시대의 용어를 통해 접근하기가 용이합니다(see *PU*, 81, 87). 둘째, 철학 논리는 인격적 하나님에 대한 신앙을 반드시 훼손하지 않습니다. 오히려 성서의 하나님을 좀 더 정확하게 이해하는 데 도움을 받을 수 있습니다. 예를 들면 하나님은 '하나의 존재'(a being)가 아니고 '존재 자체'(being itself)라는 가르침은 무한하신 하나님을 이 세상의 어느 것(thing)과 일치시키는 잘못으로부터 벗어나게 해 줍니다(*ST* I, 235). 성서의 하나님은 '상징'(symbol)이고 하나님은 '하나님 위의 하나님'(the God above God)이라는 파격적 주장 역시, 언어 속에 하나님을 가두려는 습성을 재고하게 합니다(*ST* I, 242; *TI*, 81).

기독론

털리히의 기독론은 신론과 마찬가지로 상관관계 방법론에 따라 인간소외 현상을 먼저 분석한 뒤 그것을 극복하신 예수 그리스도와 연결합니다.

인간은 본질(essence)이 아닌 '실존'(existence)입니다. 'Existence'는 라틴어 'existere'(stand out, 밖에 서 있다)에서

유래합니다. 틸리히는 이 단어를 인간이 무로부터 벗어나
존재한다는 뜻으로 해석합니다. 그러나 완전히 벗어나 있지
는 못하고 존재와 비존재가 혼재해 있습니다(ST II, 20). 틸리
히는 이와 같은 어원학적 분석을 인간의 역사적 삶에 적용합
니다. 인간에게는 본질이 실현화되지 못하고 있습니다. 잠재성
으로부터 거리가 떨어진 채 서 있습니다(stand out). 다시 말하면
본질로부터 소외(estrangement)되어 있습니다(ST II, 23).

틸리히는 이러한 실존 분석을 성서의 타락(the Fall) 이야
기와 연결시킵니다. 타락은 하나님으로부터 분리, 즉 소외를
의미합니다. 소외가 곧 죄입니다. 인간은 스스로 이 소외상태
(죄)를 극복하지 못합니다(ST II, 79). 인간은 종교 율법주의
(religious legalism), 금욕주의(asceticism), 신비주의 등을 통해
하나님과의 연합을 추구하나 실패합니다(ST II, 82, 83). 예수
그리스도 안에 계신 '새로운 존재'(The New Being)가 실존적
소외 상태를 이기게 합니다. 여기서 '새로운 존재'란 하나님의
'존재적 힘'(the power of being)입니다(ST II, 125; VP, 185). 예수
그리스도는 '새로운 존재의 담지자'(the bearer of the New
Being)이면서 동시에 '새로운 존재'(the New Being)입니다(ST
II, 125, 169). 그러기에 소외현상에 시달리는 인간에게 그리스
도가 되십니다. 예수 그리스도 안에서 인간은 존재의 근거이

신 하나님에게로 회복됩니다(*ST*II, 97). 그럼으로써 소외를 극복하고 치유(healing)의 경험을 합니다(PT, 461).

새로운 존재는 예수 그리스도에게 궁극적(final)으로 나타납니다. 유일하게 나타난다는 뜻은 아닙니다. 예수 그리스도 안에 나타난 새로운 존재에 참여하는 것을 신생(regeneration)이라 하고, 부족하더라도 받아들여진 경험을 칭의(justification)라 하고, 새로운 존재에 의해 변화 받는 것을 성화(sanctification)로 부릅니다(*ST*II, 176-179).

이렇듯 소외 개념을 죄와 연결시키고, 예수님을 소외의 극복자로 간주하는 것에 대해 라인홀드 니버는 비판합니다. 성서의 죄개념을 존재론적 소외로 바꾸면, 죄의 역사적인 차원이 약화된다고 봅니다(*BT*, 258). 즉 추상적인 개념이 된다는 뜻입니다. 그러나 틸리히는 소외가 현대인들에게 죄라는 개념보다 이해하기 쉽다고 말합니다(*UC*, 98).

성령론

틸리히는 상관관계 방법론을 따라 인간 삶을 먼저 분석한 후 그 극복의 길로 성령을 제시합니다. 그에 따르면, 삶은 모호(애매, ambiguous)합니다(*ST*III, 69). 명백하지(clear) 않다는 뜻입니다. 예를 들면 자기실현을 시도하는 인간은 자기 통합적인 도덕적 삶을 살기도 하지만 그렇지 못하기도 합니다. 문화를 창조하지만 파괴하기도 합니다. 종교적 초월을 하기도 하지만, 종교를 세속화하거나, 종교를 통해 자기 우상화 또는 마성화(demonization)의 위험에 빠지기도 합니다(*ST* III, 30-110). 타락한 세상에서 본질적인(essential) 것과 실존적인(existential) 것이 늘 혼재되어 있습니다(*ST* III, 107). 타락 이전의 순전한 상태로 돌아가려는 희구와 타락 이후 진흙탕에 뒹구는 실존적 모습 사이에서 방황합니다.

애매한 삶을 극복하는 길은 '영적 임재'(Spiritual Presence, 하나님의 영)에 참여하고 연합함으로써, 자기를 초월(transcendence)하는 것입니다(*ST* III, 129, 140, 141). 인간은 애매한 삶, 자기 분열적인 삶을 스스로 극복할 수 없습니다. 오직 성령의 '권능'(power)이 초월하게 합니다(*ST* III, 113, 115). 이것은 인간 영이 자율적으로 초월하는 것도 아니고 성령이 강제적으로 휘두르는 것도 아닙니다. 인간 영이 성령에게 붙잡혀 스스로를 초월하는 것입니다(*VP*, 212).

여기서 주의해야 할 점이 있습니다. 인간이 성령에 사로잡혀 삶의 부정성과 애매함을 극복한다고 해서 인간이 천사가 되지 않습니다. 인간은 여전히 유한합니다(*ST* III, 31). 파편적인 모습은 여전합니다(*ST*Ⅲ, 140). 그럼에도 우리는 성령의 임재에 참여함으로써 삶의 애매성을 이겨 나갑니다(*ST*Ⅲ, 140-141). 이 점은 영적 공동체인 교회도 마찬가지입니다. 교회는 영적 공동체를 실현하기도 하고 왜곡하기도 합니다 (*ST*Ⅲ, 155; NB, 24). 그럼에도 불구하고 교회는 거룩합니다. 거룩하신 하나님의 생명에 참여하고 있기 때문입니다(*ST*Ⅲ, 157).

결론

지금까지 말한 대로, 틸리히는 셸링, 하이데거, 니체 등에 게서 배운 철학 개념과 성서를 연결합니다. 어느 쪽도 포기하 지 않는 경계선에 서 있습니다. 어느 한쪽을 거부한 채 다른 한쪽으로 쏠리지 않습니다. 기독교인이 세상, 철학, 정치, 문화 등에 대해 어떤 자세를 취할 것인가는 자신이 속한 전통, 경험, 사상에 따라 다르겠지만, 어떤 경우든지 간에 양자는 반드시 연결되어야만 한다는 사실이 틸리히의 '상관관계 방 법론'이 남긴 중요한 유산입니다.

사람들의 관심사에서부터 시작하되 그것으로 끝나지 않 고 반드시 복음으로 연결하는 틸리히의 방법론은 복음 없이 사회적 관심사만 말하는 그룹이나, 사회와 관계없이 고립되어 복음을 말하는 그룹 둘 모두에게 소중한 교훈을 줍니다.